Star Beach

TINY FISSCHER

Star Beach

CITYGIRLS MET VAKANTIE

moon

Lees ook de andere boeken van Tiny Fisscher:
Ontdekt! Dagboek van een aanstormend model
Beroemd! Dagboek van een model
Showtime!
Over van alles, maar vooral over de liefde

Eerste druk 2007
Tweede druk 2009

© 2007 Tiny Fisscher en Moon, Amsterdam
Omslagontwerp Samantha Loman
Zetwerk ZetSpiegel, Best

www.moonuitgevers.nl
www.tinyfisscher.nl

ISBN 978 90 488 0216 6
NUR 284

Moon is een imprint van Dutch Media Uitgevers bv.

Mixed Sources
Productgroep uit goed beheerde
bossen, gecontroleerde bronnen
en gerecycled materiaal.
www.fsc.org Cert no. CU-COC-802528
FSC © 1996 Forest Stewardship Council

Moon drukt haar boeken op papier met
het FSC-keurmerk.
Zo helpen we oerbossen te behouden.

*Life is everything: black and white, darkness and light,
noise and quiet, left and right, day and night...
and all that lies between...*

Dank aan Dorith en Lotte voor de avonturen die zij beleefden en die de basis vormden voor dit boek.

Naar Kreta

1

'Toch vind ik dit hotel nog het vetst,' zei Sue, terwijl ze met haar wijsvinger tegen het beeldscherm prikte.

'En het zwembad ook,' zei Tess er met een verlekkerde blik achteraan. De foto van het sprookjesachtig verlichte zwembad bij nacht deed haar acuut wegzwijmelen.

De twee vriendinnen zaten al middagenlang achter de computer. Ze hadden al heel wat sites bekeken, maar op deze kwamen ze telkens opnieuw terecht. In het begin had Tess getwijfeld. Ze was misschien liever nog een keer naar Spanje gegaan. Maar Sue had eigenlijk wel gelijk: je moest nooit proberen iets over te doen, dat kon alleen maar tegenvallen.

'Zo dames, al wat besloten?' vroeg René, de vader van Tess. Met een kop dampende koffie in zijn handen kwam hij de woonkamer binnenlopen en bekeek de foto's op het beeldscherm van de laptop. 'Wat een dump. Ga toch lekker kamperen. Wat moeten meiden van jullie leeftijd nou in een hotel?'

'Wat maakt leeftijd uit?' protesteerde Tess. 'En ik heb met jou al vaak genoeg gekampeerd, ik wil nou wel eens wat anders.'

Schouderophalend liep René de kamer weer uit. 'Het is jullie vakantie, zelf weten.'

'Inderdaad ja, zelf weten,' zei Tess. Ze klikte opnieuw de prijslijst aan en zuchtte. 'Wel veel geld...'

'Nou, ik vind het nog wel meevallen,' reageerde Sue. 'Vorig jaar waren we niet eens zoveel minder kwijt.'

'Echt wel! Dat van vorig jaar was minstens tweehonderd euro goedkoper.'

'Toen zaten we dan ook in een appartement dat we met vier anderen moesten delen en waar de wc-pot half loszat en waar we niet één keer warm hebben gedoucht.'

'Maar het was wél leuk...' mijmerde Tess. Ze waren met een jongerenreis naar Spanje geweest. Twee weken lang hadden ze feestgevierd. Er waren wel twee reisleiders bij geweest, maar dat kon je nauwelijks leiding noemen. Zij hadden net zo hard meegefeest als de groep jongeren die ze onder hun hoede hadden.

'Zullen we anders tóch nog een keer naar Spanje gaan?' deed Tess een laatste, zwakke poging.

'Nee,' reageerde Sue beslist. 'We hadden besloten dat we ergens anders naartoe wilden, nou, dan doen we dat dus ook.'

Tess keek nog eens naar de site van het meest betaalbare en op het oog best aantrekkelijke hotel in Malia op Kreta. Het zag er wel verleidelijk uit allemaal... Ze gaf zich gewonnen. 'Oké,' zei ze. 'Dan moet ik nog maar wat extra oppassen.'

'Cool!' zei Sue, terwijl ze meteen 'Boeken' aanklikte. 'Maar je vader lapt toch ook wel wat bij?'

Tess haalde haar schouders op. 'Dat weet ik nog niet. Hij verdient niet zoveel als jouw ouders, weet je.'

Sues ouders waren allebei advocaat en werkten fulltime. Sue en haar broertje David kwamen qua geld en spullen dan ook niks tekort. Tess en haar oudere zus – die al op zichzelf woonde – ook niet echt, maar bij hen thuis kwam er maar één salaris binnen. De moeder van Tess was tien jaar geleden overleden. Haar vader had zijn twee dochters alleen opgevoed en werkte thuis als vertaler. Sinds een jaar had hij een nieuwe vriendin, Jenny, met wie hij een lat-relatie had en met wie Tess het gelukkig goed kon vinden.

'En? Al wat besloten?' vroeg René, die weer binnen kwam drentelen.

'Nou, als jij me sponsort, kunnen we nu boeken,' probeerde Tess.

René schoot in de lach. 'Ik sponsor natuurlijk geen zestien-jarige die met haar luie kont in een vliegtuigstoel gaat zitten, dat snap je zeker wel.'

'Alsof achttien uur in een bus leuk is!' protesteerde Tess.

René haalde zijn schouders op. 'Je kunt ook naar Terschelling, daar kun je op de fiets naartoe.'

'En dat zegt iemand die de auto bijna nog pakt als hij naar de bakker moet,' schamperde Tess. 'En trouwens, jij gaat toch ook naar Kreta?'

'Inderdaad,' zei René. 'En dat betaal ik dan ook helemaal zelf.'

Tess wilde daar net iets op terugzeggen, toen hij achter haar kwam staan en haar een zoen op haar kruin gaf. 'Natuurlijk betaal ik wel een beetje mee. Ik zit je te stangen, dat weet je toch.'

'Ja, dat weet ik,' zei Tess. 'En ook dat je straks het grapje gaat maken of ik genoeg heb aan twee euro.'

René lachte. 'Ik wilde net drie euro voorstellen, heb ik even mazzel. Wil je het cash of op je bankrekening?'

Hij liep naar de boekenkast, vond al snel wat hij zocht en liet de meisjes weer alleen.

Sue keek hem grinnikend na. 'Jij kunt soms zeuren over je vader, maar ik vind hem leuk. Ik moet altijd om hem lachen.'

'Hij heeft wel humor, ja,' zei Tess. 'Maar soms wou ik dat

hij net als jouw vader buiten de deur werkte. Een vader die zijn werk aan huis heeft, is ook niet alles, hoor.'

'Een vader die altijd weg is ook niet,' vond Sue. 'Ik zou het juist gezellig vinden als mijn ouders wat vaker thuis waren. David en ik zijn altijd alleen, dat gaat ook vervelen.'

'Zou jij je vader de hele dag over de vloer willen hebben dan?' vroeg Tess.

Sue grinnikte. 'Nee, dat ook weer niet. Maar wel wat vaker dan nu. Dan kon hij tenminste zien dat ik geen kleuter meer ben en dan zou hij me misschien ook niet zo behandelen.'

Sues vader, van geboorte een Engelsman, woonde al meer dan twintig jaar in Nederland, maar de sporen van zijn eigen opvoeding waren nog niet bepaald uitgewist. Hij had zijn middelbare schooljaren doorgebracht op een strenge kostschool en hoewel hij dat afschuwelijk had gevonden, vond hij het nu moeilijk om zijn eigen kinderen losser op te voeden. Sue had het aan haar moeder te danken dat Tess en zij nu een reis zaten uit te zoeken. Als het aan haar vader zou liggen, zou ze op haar twintigste nóg in Drenthe naar ponykamp gaan.

'John, laat die meiden toch,' had Eva, Sues moeder, gezegd. 'Ze zijn geen twaalf meer.'

'Alsof zestien oud genoeg is om alleen op vakantie te gaan,' had John gemopperd. 'Vroeger deed je dat pas als je minstens achttien was.'

'Vroeger is verleden tijd,' had Eva gezegd. 'En trouwens, ik woonde toen ik zo oud was al hoog en breed op mezelf.'

'Eva, *my dear*,' had John gezegd. 'Dat was omdat je op je vijftiende al van huis was weggelopen...'

Na een hoop heen-en-weergepraat had Eva John zover gekregen dat hij toestemde. 'Maar wel binnen Europa,' zei hij. 'En geen kilometer verder.'

'Kreta!' riep Eva meteen, om haar man op de kast te jagen. 'Het uiterste puntje van Europa. Verder kun je bijna niet.'

Urenlang hadden de meiden hun ogen stuk zitten turen om een reis te vinden die hun allebei beviel. Naast Kreta was ook Portugal voorbijgekomen, en Italië en Malta, maar uiteindelijk leek Kreta hun allebei verreweg het leukst. Als haar vader daar niet in dezelfde periode zou zitten, zou Tess waarschijnlijk geen moment hebben getwijfeld. Maar om hem ook in de vakantie nog tegen te moeten komen...

'Want als jullie daarheen gaan, komen we jullie natuurlijk wel opzoeken,' had René bij wijze van grapje gezegd. 'Even checken of jullie je wel aan de regels houden.'

'En wat voor regels had je in gedachten?' had Tess gereageerd.

'Tien uur naar bed, geen geflikflooi met jongens, geen druppel drank en niet op een scooter.'

'Jongens? Gatver, ik moet er niet aan denken,' had Tess gezegd.

Misschien wel door haar vaders verhaal over Malia, dat volgens hem zo ongeveer het dieptepunt van heel Kreta was en waar hij zelf met geen stok naartoe zou zijn te slaan, was Tess nieuwsgierig geworden. Nu ze voor de zoveelste keer op deze site terechtkwamen, wilde ze niet langer twijfelen.

Ze gingen boeken, nu.

Na een laatste check of ze het benodigde bedrag konden ophoesten, vulden ze hun gegevens in.

'Zeker weten?' vroeg Sue toen ze klaar waren om op 'Verzenden' te drukken.

Tess legde haar hand op die van Sue en samen drukten ze de muisknop in.

'Zeker weten,' zei ze.

2

'Shit, dat zag er op de foto's allemaal heel anders uit!' riep Sue.

Het zwembad dat op de internetsite zo'n droom had geleken, bleek in het vroege avondlicht een stuk kleiner en bepaald niet sprookjesachtig. En hun balkon keek ook niet uit op de zee, zoals was beloofd, maar op een kleine binnentuin. Daar stonden wel een paar mooie palmbomen in, maar toch.

'En wat is dit voor een hok?' Tess duwde de badkamerdeur open en trof op een oppervlakte van nog geen twee vierkante meter een douchebak, een wc en een wastafel aan.

'Zonder douchegordijn,' viel Sue meteen op.

'Daar had René me al voor gewaarschuwd,' zei Tess. 'Als je een douche neemt, wordt meteen de wc kletsnat.'

'Eerst plassen, dan wassen,' merkte Sue droogjes op.

Tess schoot in de lach en plofte op het bed neer. Ze sprong meteen weer op. 'Jemig, de veren schieten in je billen!'

Sue ging op het andere bed zitten. Ze zakte er meteen zo diep in weg dat ze bijna niet meer overeind kon komen. 'Maar de luchtbedden in die tenten in Frankrijk waren erger,' probeerde ze de boel te vergoelijken. Ze doelde op hun kampeervakantie daar, in de zomer voorafgaand aan hun Spanje-avontuur.

'Ja, duh, die waren half lek.' Tess strekte zich op het bed uit.

'Thuis heb ik zo'n lekker bed. Waarom gaan mensen eigenlijk met vakantie?'

'Nou, ík voor zon, zee, strand en lekkere jongens,' reageerde Sue.

'Van de eerste drie ben je hier verzekerd,' zei Tess, terwijl ze van het bed af stapte. 'Voor het laatste zullen we goed om ons heen moeten kijken.' Ze pakte haar tas en deed de kamerdeur open. 'Volgens mij gaan we hier vette lol hebben.'

'Zeker weten,' zei Sue. 'En zo niet, dan doen we gewoon alsof.'

Ze liepen de trap af naar de hotellobby. Gelukkig sliepen ze op de eerste verdieping, dus waren ze niet afhankelijk van de lift. 'Kalispera,' groette de jongen achter de balie hen. Daarnet, toen ze aankwamen, had hij hier nog niet gezeten. Er was vast wisseling van dienst geweest. Hij was zo'n typisch Griekse jongen, met stevig donker haar, bruine ogen met dichte wimpers en een lichtgebruinde huid.

'Jouw type?' vroeg Sue.

'Te jong,' stelde Tess meteen vast, die als regel had om nooit verliefd te worden op jongens onder de twintig.

'Deze is écht wel boven de twintig, hoor,' protesteerde Sue.

'In dat geval is het niet mijn type. Hij heeft een rare neus.'

'Wat is er mis met zijn neus?'

'Te Grieks.' Tess liep naar de balie en gaf de jongen hun kamersleutel. 'Parakalò.'

'Wat betekent dat nou weer?' vroeg Sue.

'Alsjeblieft,' antwoordde Tess, die een paar woorden Grieks van René had geleerd.

'En wat is dank je wel?'

'Efgaristò,' zei de jongen, alsof hij haar vraag had begrepen. Hij draaide zijn bureaustoel een slag en hing de sleutel aan een van de vele haakjes aan de muur achter zich.

'Pfff, wat een moeilijke taal, ik praat wel Engels met ze,' zei Sue.

'Of Nederlands, dat kan ook,' zei de jongen, terwijl hij zich weer terugdraaide.

'Ah!' riep Sue uit, terwijl ze een hand voor haar mond sloeg.

Tess kreeg een kleur als een boei. Ondanks haar bruine haar had ze een lichte huid en werd ze snel rood. Ze haatte dat. Toch weerhield het haar er niet van om als het zo uitkwam een grote mond op te zetten. Bij de leraren op school stond ze bekend als 'die brutale brunette'. Sommige leraren vonden dat trouwens wel leuk, want naast haar grote mond had ze ook een goed gevoel voor humor.

'En je heet zeker Dirk-Jan?' vroeg ze gevat, terwijl ze het zuidelijke uiterlijk van de jongen nog eens goed in zich opnam.

Hij schoot in de lach. 'Nou, nee,' zei hij. 'Ik heb zo'n typisch Griekse naam waarvan er dertien in een dozijn gaan.' Hij grijnsde. 'En ook zo'n neus, trouwens.' Hij stak zijn hand uit en stelde zichzelf voor. 'Nikos. En neem in zo'n toeristenoord als dit dus nooit aan dat niemand je verstaat, want ik spreek Nederlands, Engels, Duits én Grieks.'

'Toe maar, een talenwondertje!' riep Tess, terwijl ze zijn hand schudde. 'Ik ben Tess en dit is mijn vriendin Sue.' Ze keek hem brutaal aan. 'En? Bén je te jong voor mij?'

Sue lachte. Ze kende Tess al sinds de brugklas, maar het verbaasde haar nog altijd hoe direct haar vriendin kon zijn.

'Wat denk je zelf?' vroeg Nikos. Hij stond op. Achter de balie had hij vrij klein geleken, maar hij had blijkbaar lange benen en stak met kop en schouders boven hen uit.

Tess haalde haar schouders op. 'Geen idee. Je zou achttien kunnen zijn, maar ook tweeëntwintig.'

Nikos ging weer zitten. 'Voor jou een jaar te laat geboren,' bekende hij.

'O?' zei Sue. 'Hoe kom jij op je negentiende aan zo'n vet baantje in een Grieks hotel?'

'Ten eerste is het geen vet baantje,' verbeterde hij haar. 'Maar verder is het niet zo moeilijk voor mij om hier aan werk te komen. Zeker niet als je een toeristenopleiding doet, Griekse ouders hebt en je halve familie in Malia woont.'

'En neem je wel eens hotelgasten mee uit?' vroeg Tess met een verleidelijke glimlach. 'Of moeten we ons beperken tot de Griekse jongens die niet goed hebben opgelet op school en geen Engels spreken?'

'Nou, de Engelse woorden die ze nodig hebben om meisjes te versieren kennen ze wel, hoor,' zei Nikos. 'Maar verder kun je kiezen uit' – en hij telde op zijn vingers – 'Britten, Nederlanders, Duitsers, Fransen, Italianen en wat verdwaalde Australiërs en Amerikanen. Je hebt het dus voor het uitzoeken.' Hij haalde een hand door zijn haar. 'Maar toch vooral veel Nederlanders en Engelsen,' voegde hij er met een zucht aan toe, alsof hij daar zelf niet erg enthousiast over was.

'Veel drónken Engelsen,' verduidelijkte Sue, die van haar vader nogal wat waarschuwingen had gekregen over de drinkgewoontes van Britse jongeren.

'Helaas wel...' beaamde Nikos.

'En valt er verder nog iets te beleven hier?' vroeg Tess, die ineens weer begon te twijfelen of ze er wel goed aan had gedaan om Kreta als vakantiebestemming te kiezen.

Nikos keek haar grijnzend aan. 'Zat,' antwoordde hij. 'Meer dan je lief is.'

3

Tess en Sue zaten aan hun tweede cocktail. Ze hadden wat gegeten bij een pizzeria die ze daarna meteen van hun hier-kom-ik-teruglijstje hadden geschrapt, want de bodem van de pizza was zo hard dat je je tanden erop brak, de topping was nauwelijks topping te noemen en de enige smaak die ze eraan konden proeven was zout. Ze hadden hem voor de helft laten staan. Daarna waren ze wat bars af geweest, maar ze waren op hun eerste avond nog niet echt toe aan het gelal en geschreeuw van feestvierende jongeren en waren uiteindelijk blijven plakken in een vrij rustig café niet ver van het hotel. Eigenlijk was er niet veel aan, maar dat vonden ze op dit moment wel best.

Het was inmiddels één uur 's nachts. Hoewel ze het niet graag wilde toegeven, was Sue bekaf. Ze gaapte en stak nog een sigaret op. Eigenlijk had ze deze vakantie willen stoppen – voornamelijk omdat ze het toch wel zonde vond van haar geld – maar ze had de verleiding niet kunnen weerstaan om op het vliegveld van Heraklion een pakje goedkope Griekse sigaretten te scoren. Langzaam blies ze een rookwolkje uit. Deze sigaretten smaakten heel vreemd, bijna vies zelfs. 'Dit is mijn laatste pakje,' zei ze. Ze draaide haar sigaret rond tussen haar vingers. 'Denk ik,' zei ze er toen achteraan.

Tess lachte. 'Daar hou ik je aan.' Ze had zelf ook een tijdje gerookt, maar ze kreeg er een slechte huid van. Voor haar reden genoeg om te stoppen.

'*Hello there...*' sprak ineens een onvaste stem hen aan. Ze keken op. Er stond een man met een vaal gezicht en blond achterovergekamd haar met een bierglas zo schuin in zijn handen dat het schuim eruit gulpte. Zonder iets te vragen, ging hij op de vrije stoel naast hen zitten en zette zijn glas zo op het randje van de tafel dat het bijna omkieperde.

'*Oops*,' zei hij, terwijl hij het net op tijd opving. '*Almost sssspilled it*.' Hij sprak de woorden uit alsof hij net naar een taalcursus was geweest waarin hij heel zorgvuldig had moeten articuleren. Hij richtte zijn lodderige blik op Sue, bekeek haar van top tot teen en boog zich naar haar toe. '*Hey, babe...*'

Er kwam zo'n drankwalm uit zijn mond dat Sue haar hoofd met een ruk naar achteren trok.

Als reactie boog de man zich opnieuw naar haar toe. '*You're hot.*' Van de vieze grijns die hij daarbij trok, ging Sue bijna over haar nek. '*Wanna fuck?*' vervolgde hij.

'*Piss off!*' riep Sue, terwijl ze uit haar stoel omhoogkwam. Maar de man stak zijn hand uit en greep haar vol in haar kruis.

'*Bastard!*' riep Sue en ze gooide in één beweging de inhoud van haar cocktailglas in zijn gezicht.

Vloekend stond de man op en veegde het groene goedje uit zijn ogen. '*You stupid bitch!*' Hij zette een stap in Sues richting en hief zijn hand.

'Sue!' riep Tess geschrokken, terwijl ze haar vriendin naar achteren trok.

Maar voordat hij kon uithalen, viel de man achterover op de stoel en bleef daar voor pampus liggen.

Verbaasd keek Sue op hem neer. 'Ongelofelijk, wat is díe gast dronken!'

'Ja, maar het is niet zo handig wat je daar deed,' hoorden ze ineens Nikos' stem.

Verbaasd draaiden de meisjes zich om. 'Jij hier?' zei Tess. 'Ik had je helemaal niet gezien.'

'Ik kom net binnenlopen,' reageerde Nikos. Een beetje geirriteerd keek hij Sue aan. 'Wat deed jij nou? Wat ongelofelijk stom. Je moet nooit zo'n gast uitdagen, voor hetzelfde geld had hij je in elkaar gemept!'

'Ja hoor, alsof hij daar de kracht voor had gehad,' zei Sue schamper, terwijl ze toekeek hoe een van de barkeepers de man bij zijn arm greep en hem naar buiten dirigeerde.

'Onderschat de kracht van dronken mensen niet,' waarschuwde Nikos. 'Niet iedereen reageert hetzelfde op drank.' Hij zuchtte. Toen draaide hij zijn hoofd naar Tess en keek haar grijnzend aan. 'Nou, wat had ik je gezegd? Hier is meer te beleven dan je lief is.'

'Is dit het enige wat Malia te bieden heeft – dronken Engelsen?' vroeg Tess. 'Of heb je nog meer in de aanbieding?'

Nikos keek schuin omhoog en deed of hij even moest nadenken. 'Nou...' zei hij. 'Nu je het zegt, dronken Engelsen zijn in juli en augustus wel zo ongeveer het hoogtepunt van Malia.'

'Dat meen je niet!' riep Sue uit. Verontwaardigd drukte ze haar sigaret uit in de glazen asbak. 'Vertel me dat er ook vette strandfeesten zijn en leuke clubs en lekkere jongens die goed kunnen dansen.'

'En zoenen,' voegde Tess er meteen aan toe.

Nikos lachte. 'Voor de vette strandfeesten moet je naar Star Beach, voor de leuke clubs kun je hier blijven of naar Chersonissos, en die lekkere jongen die goed kan dansen staat voor je neus.'

Tess keek hem uitdagend aan. 'En kan-ie ook goed zoenen?'

'Alleen met meisjes die hem oud genoeg vinden en die zijn goddelijke Griekse neus weten te waarderen.'

Grinnikend stak Tess haar arm door de zijne. 'Ach, je weet maar nooit hoe dingen nog eens kunnen veranderen. Neem ons binnenkort maar mee uit. Dat verhoogt je kansen.'

Nikos lachte. 'Die uitdaging neem ik aan. En zal ik jullie dan nu maar veilig thuisbrengen?'

4

Sue werd wakker van een felle straal zonlicht die door een kier van de dunne gordijnen naar binnen glipte. Ze keek op haar mobiel. Eén uur. Tess leek nog in diepe slaap. Sue gooide het laken van zich af. Tjonge, wat was het hier warm, het leek wel een sauna.

'Ongelofelijk dat we zo lang hebben geslapen op zulke shitmatrassen,' mompelde Sue, terwijl ze haar benen buiten het bed zwaaide en ging zitten. Ze gaapte, rekte zich uit en schoof het gordijn open.

'Hé, maak niet zo'n licht!' Geërgerd trok Tess haar laken over haar hoofd. Ze kwam net uit een droom die ze wel vaker had, over een dolfijn. Ze had die droom nog nooit af kunnen maken. Altijd als ze de dolfijn bijna kon aanraken, werd ze wakker.

'Ik wist niet dat je kwaad werd,' zei Sue. 'Maar je moet er toch uit, want het is al één uur en vet mooi weer. Ik wil naar het strand.' Ze duwde de balkondeuren open. Knarsend en piepend gaven ze mee. Een warme, bijna hete wind streek langs Sues wangen. Ze liep naar de balustrade, boog voorover en keek naar links. 'Hé!' riep ze verrast uit. 'We hebben wél uitzicht op zee!'

Ze zag nu dat hun balkon aan de linkerkant uitzicht bood op een piepklein stukje zee.

Opgewonden stapte Sue de kamer weer in en gooide haar koffer open. 'Bikini, handdoek, zonnebrandmelk...' Ze smeet alles in een strandtas en hing die over haar schouder. 'Ik weet niet wat jij doet, maar ik ga!'

Haar droom van zich afschuddend, ging Tess rechtop zitten. Haar krullerige, halflange bruine haar, dat ze voor deze vakantie had opgevrolijkt met kastanjerode en mokkabruine highlights, hing in warrige lokken voor haar gezicht.

'Leuk kapsel,' zei Sue grinnikend. 'Daar kun je de jongens wel mee versieren.'

Tess stapte uit bed, liep de badkamer in en inspecteerde zichzelf in de spiegel. 'Hmm, ja, ik kan er best mee door zo,' zei ze. Ze draaide de douchekraan open en hield haar hand eronder. Koud. Dan maar de warmwaterkraan helemaal openzetten. De waterstraal bleef koud. Tess stak haar hoofd om de hoek van de badkamerdeur. 'Dat wordt alleen plassen en niet wassen, vrees ik.'

'Vanavond misschien, als de zon de hele dag op de zonnecollectoren heeft gestaan,' zei Sue hoopvol. Toen gooide ze haar strandtas op bed en trok Tess de badkamer uit. 'En nu weg hier, want ik moet naar de wc.'

'Schiet je wel op?' zei Tess, terwijl ze naar haar koffer liep. 'Het is hier om te stikken, ik wil naar buiten.'

Het was langer lopen naar het strand dan de site hun had beloofd, maar een halfuur later lagen ze op het warme zand van een van de stranden van Malia. Tess op haar nieuwe blauwe badlaken, Sue op een grote, knaloranje katoenen doek met een gele zon erop die ze vorig jaar voor vijf euro op het Amsterdamse Waterlooplein had gekocht.

'De andere toeristen zijn hun roes nog aan het uitslapen, denk ik,' zei Sue, terwijl ze om zich heen keek. Er waren genoeg mensen, maar het was niet zo druk als in Zandvoort, waar je met zulk soort weer meteen als haringen in een ton lag.

'Misschien zijn wij wel gewoon dom,' zei Tess, die zich insmeerde met beschermingsfactor twintig. 'Wij liggen op de heetste tijd van de dag in de zon, dat is heel slecht voor je huid.' Ze gaf de flacon aan Sue. 'Jij?'

Ze wilden graag bruin worden, maar ze hadden allebei een vrij lichte huid en wilden niet meteen al de eerste dag zo verbranden dat ze de rest van de vakantie onder een parasol moesten doorbrengen.

'We gaan gewoon een uurtje,' besloot Sue. 'Daarna zoeken we wel een parasol of een boom op.'

'Oké,' zei Tess, en ze strekte zich uit. Ze sloot haar ogen. Ze zuchtte. 'Mmm… wat een rotleven…'

Ze was nog maar net uit bed, maar ze was nu alweer moe. Het was op school een zware tijd geweest met al die proefwerken en toetsen. Nog een jaar, dan was ze ervan af. Tenminste, als ze in één keer slaagde. Ze had het helemaal gehad met school. Ze wilde ook zeker niet meteen een vervolgopleiding doen. Ze zou het liefst een halfjaar naar Australië gaan. Maar dan zou ze eerst een baantje moeten zoeken. Hoewel René een paar honderd euro had meebetaald, zou ze na deze vakantie vast geen cent meer overhebben en moest ze weer van voren af aan beginnen met sparen. Ze had dan wel drie oppasadressen, maar dat leverde geen schatten op en ze kon daar bovendien niet elke avond aan opofferen. Ze wilde ook tijd overhouden om huiswerk te maken en om uit te gaan en te sporten. Sinds een aantal maanden ging ze naar de klimhal. Eerst waren ze er met school naartoe gegaan en ze vond het meteen zo vet dat ze daarna meteen lid was geworden. Maar nu ze zo in het warme zand lag te soezen, moest ze niet denken aan klimmen. Eerst even chillen…

Twee uur later schoot Sue overeind.

'Nee, hè?!' riep ze. Ze schoof haar bikinibroekje een stukje naar beneden. 'Ja, nu ben ik dus verbrand! Waarom zijn we in slaap gevallen? We hebben tot hartstikke laat in ons bed gelegen!'

Tess deed haar ogen op een kiertje open en richtte zich gapend op haar ellebogen op. 'Omdat we pas om twee uur thuis waren en toen nog twee uur hebben liggen kletsen en omdat we meteen op de eerste avond al te veel gezopen hebben,' constateerde ze nuchter. Zoveel hadden ze anders niet gedronken: twee cocktails en een paar wijntjes, maar die hadden hun uitwerking klaarblijkelijk niet gemist.

Tess ging zitten en inspecteerde haar schouders, die altijd het gevoeligst waren. Inderdaad: rood. Ze sloeg haar badlaken om zich heen. Dat werd dus niet zwemmen. In het water verbrandde je nog tien keer sneller. Verlangend keek ze naar de zee. 'En ik wilde zo graag een duik nemen...'

Sue sprong op. 'Dat ga ik evengoed doen. Het is nu toch al te laat.' Ze schoot overeind en rende weg. Maar voor ze het in de gaten had, had Tess haar al ingehaald.

Op advies van Nikos kochten ze bij een apotheek aloë veragel om hun verbrande huid mee in te smeren, en daarna sloegen ze in een kleine supermarkt een familiezak chips en een literfles Fanta in om de overgeslagen maaltijden van die dag in te halen. Vanaf het hotel waren de winkels de tegenovergestelde kant op van het strand en het was beslist langer dan tien minuten lopen – het zoveelste dat de reisorganisatie op de site anders had aangegeven.

'Ik had tóch die lekkere slippers van mijn moeder moeten lenen,' zei Sue, die Tess nu benijdde om de superleuke sandalen die zij voor de vakantie nog had weten te scoren.

'Zoiets verkopen ze hier misschien ook wel,' zei Tess, terwijl ze haar blik langs een rek vol zomers schoeisel liet glijden.

Het was zes uur en alles was intussen weer open. De toeristenwinkels, waar er zoveel van waren dat ze de tel algauw kwijtraakten, hadden geen middagsluiting, maar sommige gewone winkels waren van twee tot vijf dicht.

'Nee,' zei Sue. Ze had al snel gezien dat haar smaak hier niet tussen zat. 'Dit vind ik allemaal drie keer niks.' Ze keek naar de teenslippers aan haar voeten die ze vorig jaar in Spanje had gekocht. 'Ik hou het nog wel even bij deze.'

Tess haalde een T-shirt van een rek. 'Kijk, dit zal je vader leuk vinden,' giechelde ze.

HERE FOR THE BEER stond er in koeienletters op de voorkant. Zo'n T-shirt zouden ze overal wel kunnen verkopen waar jongeren zich komen bezatten, dacht Tess. Ook in Amsterdam kende ze wel een paar plekken waar zulke shirts goed verkocht zouden kunnen worden.

Gisteravond, toen ze samen met Nikos terug waren gelopen naar het hotel, hadden ze zich een weg moeten banen door de stukgevallen bierglazen. Nikos vertelde hun dat het sinds kort streng verboden was om met glaswerk op straat te lopen, en dat er hoge boetes op stonden als je dat toch deed, maar dat was klaarblijkelijk nog niet helemaal tot het dronken deel van het toeristenvolk doorgedrongen. 'Vorige week heeft zelfs een café zijn deuren moeten sluiten,' vertelde Nikos. 'Zo'n zootje was het. En voordat ze dát hier doen, moet het wel heel erg uit de klauwen zijn gelopen.' Nu, in de nog behoorlijk warme late middagzon, tussen de rondslenterende toeristen, zou je niet zeggen dat het 's nachts zo'n bende was. Nikos had beloofd hen over een paar dagen mee uit te nemen naar een heel leuke plek, waar ze geen last zouden hebben van vervelende dronken mensen. 'Waarom niet meteen morgen?' had Sue verlangend gevraagd. 'Avond- en nachtdienst,' had hij geantwoord. 'Sommige mensen moeten nu eenmaal werken.' 'Noem je dat werken?' had Tess gezegd. 'Een beetje sleutels afgeven aan toeristen.' 'En hun gezeur aanhoren,' vulde Nikos haar aan. 'En ze naar hun kamer brengen als ze te bezopen zijn om hun weg te kunnen vinden. En hun kots opruimen. En ze vragen of ze wat zachter kunnen doen voor de gasten die willen slapen.' 'Wordt hier dan ook nog geslapen?' had Sue opgemerkt, die 's ochtends vroeg een paar keer wakker was geworden van luidruchtige buren die thuis waren gekomen van het uitgaan. 'Wacht maar af,' zei Nikos. 'Voordat jullie hier weer weg zijn, wil je dolgraag weer eens een volle nacht op dat heerlijke hotelmatras doorbrengen.'

Nu ze door de drukke winkelstraten van Malia liepen, moesten ze niet denken aan dat 'heerlijke' hotelbed. Ze wilden uit en feesten. Slapen deden ze thuis wel weer. Tess pakte een zonnebril uit een rek en zette hem op. 'Is dit wat?'

Sue schoot in de lach. Tess had een knalroze Mickey Mouse-kinderzonnebril op haar neus. 'Fotomodel van het jaar,' zei Sue. 'Ik zou je meteen boeken.'

Grinnikend zette Tess de zonnebril weer terug. Ze wilde net een andere pakken, toen een meisje met lang blond haar hen aansprak.

'Hallo,' zei ze, terwijl ze Sue een flyer in haar hand drukte. 'Kan ik jullie strikken voor een leuk feest?'

'Altijd,' zei Sue gretig, terwijl ze de flyer bekeek. N-Joy, OUTDOOR DANCE EVENTS las ze hardop.

Ze keek het meisje aan. 'Waar is dat?'

'Daar, in de bergen. Op een heel groot parkeerterrein.' Het meisje wachtte de volgende vraag niet af, maar ging meteen door met haar verkooppraatje. 'Er rijden pendelbussen heen en terug, er zijn waanzinnige acts en heel gave muziek, en het duurt tot vijf uur 's ochtends.'

'Hmm,' zei Sue, die het steeds aanlokkelijker vond klinken. 'Wat kost het?'

'Vijftig euro per persoon,' antwoordde het meisje zonder blikken of blozen. 'Inclusief vervoer,' zei ze er snel achteraan.

Jesus!' riep Tess uit. 'Wat duur!'

'Maar voor een féést, daar móét je bij zijn,' zei het meisje stellig. 'Er kunnen minstens vijftienhonderd mensen in, er draaien allemaal bekende dj's en de muziek kan heel hard, want in de bergen heeft niemand daar last van.' Ze keek Tess en Sue beurtelings aan. 'Hoelang blijven jullie hier nog?'

'We zijn er net,' anwoordde Sue. 'Dus nog twee weken.'

'Dan is dit jullie kans,' probeerde het meisje een laatste overredingspoging. 'Want de volgende N-Joy is pas weer over drie weken. Je mag het niet missen, hoor, als je in Malia bent!'

Tess en Sue keken elkaar aan.

'Wel duur...' zei Tess.

'Maar wel vet...' zei Sue.

Meer woorden hoefden ze er niet aan vuil te maken.

5

Om halfelf 's avonds zaten ze in de bus die hen naar het feestterrein in de bergen bracht. Het plein in Chersonissos waar de feestgangers werden opgehaald, stond bomvol enthousiastelingen die ook allemaal vijftig euro hadden neergeteld voor wat ongeveer het gaafste feest van Europa werd genoemd. Behalve door Nikos dan, die hun had gezegd dat het zonde was van hun geld. Hij was er vorig jaar geweest en het was één grote aanfluiting gebleken: bussen die niet reden, waardeloze dj's, klotemuziek. 'Geen bal aan,' had hij gezegd. De twee vriendinnen hadden bijna spijt dat ze op de verkooppraatjes van het blonde meisje waren ingegaan, maar nu ze dat toch hadden gedaan en eindelijk een plek in een van de bussen hadden weten te bemachtigen, hadden ze echt geen zin om Nikos' praatjes serieus te nemen.

Zo te merken had iedereen om hen heen flink ingedronken, want de stemming zat er al goed in.

'Wat zijn wij stom,' zei Tess, die er duidelijk spijt van had dat Sue en zij die avond nog geen druppel drank hadden gezien. 'Het is daar natuurlijk hartstikke duur.'

'Nou, dan drinken we toch gewoon niet zoveel?' zei Sue, die minder goed tegen drank kon dan Tess en niet veel nodig had om tipsy te worden (waarbij ze altijd scheel ging kijken, waarom Tess dan steevast in een deuk lag).

'Je bedoelt: dan drink jíj niet zoveel,' verbeterde Tess haar.

De bus maakte een scherpe bocht. En even later nog een.

'Ooo…' kreunde Sue. Ze legde haar hoofd tegen de rugleuning en sloot haar ogen. 'Haarspelden, jammie, mijn lievelings!' Ze zei het op de toon van een vijfjarige die haar favoriete eten krijgt voorgezet.

'Je wordt toch niet nu al wagenziek, hoop ik?' vroeg Tess, die hun busreis naar Spanje nog vers in haar geheugen had. Dit was maar een ritje van twintig minuten en niet te vergelijken met de achttien uur durende reis naar Spanje, tijdens welke Sue kotsmisselijk was geworden. Godzijdank had ze net op tijd een plastic zak uit haar tas kunnen halen voordat ze vreselijk had moeten overgeven. Tess had met haar te doen gehad, maar hun medepassagiers waren minder sociaal geweest en hadden zitten klagen over de stank. 'Wees blij dat ze in een plastic zak kotst en niet in jouw schoot,' had Tess hen afgetroefd. Later hadden ze gevraagd om een plekje voor in de bus, waar Sues wagenziekte langzaamaan was overgegaan.

'Hmm…' kreunde Sue opnieuw toen de buschauffeur de volgende bocht inzette. Om haar heen hoorde ze het vrolijke gepraat en gelach van de andere feestgangers. Ze baalde ervan dat ze altijd zo gevoelig reageerde op dit soort dingen. Tess had nooit ergens last van. Die hing zonder blikken of blozen aan een steile wand van tien meter hoog, en uit de achtbaan kwam ze met het gezicht van een blije peuter die net een ritje in de draaimolen heeft mogen maken. Sue werd al bijna misselijk als ze aan een draaimolen dácht.

'Gaat het?' vroeg Tess bezorgd.

'Jawel,' antwoordde Sue. 'Straks ga ik uit mijn dak, let maar op.'

Het licht dimde, de muziek zwol aan, het ritme vesnelde. Nog even en het nummer ging in de beat...

'Vijf, zes, zeven acht!' telde Tess hardop. En daar ging de muziek los. Minstens duizend mensen – onder wie Sue en Tess, die daar niet eens veel drank bij nodig hadden, merkten ze – sprongen op en neer op de muziek. Ze hadden het gevoel op wolken te lopen en elk nieuw nummer dat werd ingezet, gaf hun een nieuwe kick. De sfeer, de muziek, de dj's, de acts – het had allemaal niet beter gekund. Zodra ze de bus uitstapte, was Sues misselijkheid over geweest. Niet alleen omdat ze weer vaste grond onder de voeten had, maar ook omdat de aankleding van de feestlocatie zo vet was, dat je zelfs wagenziekte erdoor vergat.

In niets leek dat nog op een parkeerterrein. Een enorme dansvloer, beamerscreens, twee enorme *dj-boots,* waarin twee dj's afwisselend hun kunstje deden, en platforms waarop achter elkaar allerlei acts werden opgevoerd: danseressen met vuurballen, meisjes balancerend op enorme schommels, mensen die aan het *pillowfighten* waren met enorme kussens. Ook liepen er meisjes rond met gigantische schalen vol stukken meloen, waar gretig van werd gegeten.

Tess en Sue waren vanaf de eerste seconde in vervoering geweest. Nu ze op de dansvloer stonden, met om de vier minuten een ander nummer dat hun steeds opnieuw een kick bezorgde, wisten ze niet waar Nikos het over had gehad. Wat nou, niks aan en zonde van je geld? Nikos wist niet wat hij miste!

Aangevoerd door de dj staken Tess en Sue samen met de rest van de dansende massa hun armen in de lucht en sprongen op de beat van de muziek op en neer.

Twee jongens, eentje met de mooiste mokkakleurige huid

die Tess ooit had gezien en een blonde jongen die zo van een filmset weggelopen kon zijn, kwamen breed lachend op de meiden af. Als dit de voorbode van de rest van hun vakantie was, dan beloofde het wat.

6

De aftrap van hun vakantie was fenomenaal geweest. Maar door de zonnebrand, waaraan ook het beste feest van de wereld geen einde kon maken, lagen de meiden de dagen daarop noodgedwongen onder een palmboom of een parasol bij het zwembad. Ze smeerden zich diverse keren per dag in met aloë vera-gel, maar ook met beschermingsfactor veertig, en gingen 's avonds uit. Het was bijna jammer dat ze helemaal aan het begin van hun vakantie al zo'n geweldig feest hadden meegemaakt, want daarbij vergeleken staken de uitgaansgelegenheden in Malia bleek af. Ze hadden al snel in de gaten waar je in ieder geval níét moest zijn. De Britse pubs konden ze rustig overslaan, net als de Friet-van-Piet-achtige tenten, waar je bitterballen, kroketten en kaassoufflés kon krijgen. Want dáárvoor ging je toch niet naar Griekenland? Hoewel ze zelf na het mislukte pizza-avontuur alleen nog maar Mexicaans hadden gegeten in een tent met een geweldig terras en nog geweldiger burrito's, waar ze ook nu zaten. Ze hadden nog geen Griekse *taverna* vanbinnen gezien, terwijl die in de smalle, bergopwaarts lopende straatjes van Malia genoeg te vinden waren.

'Dat komt nog wel,' had Tess gezegd. 'Eerst even bijtanken.' In de laatste schoolweken had ze slecht gegeten. De spanningen van de proefwerken en de onzekerheid of ze wel of niet de eindstreep zou halen, hadden haar maag op slot gezet. Op het nippertje was ze uiteindelijk overgegaan.

'Wat neem jij?' vroeg Tess nu, terwijl ze samen met Sue de menukaart bekeek. Het was acht uur 's avonds en ze had honger als een paard. Voor haar gevoel kon ze wel tien burrito's op.

'Mmm...' zei Sue. 'Het ziet er allemaal superlekker uit.'

Ze hadden allebei het geluk dat ze niet op hun gewicht hoefden te letten. Tess was met haar een meter vijfenzeventig en zestig kilo niet te licht maar ook niet te zwaar en Sue, tien centimeter kleiner dan Tess, was met haar tengere bouw niet dik te bránden. Sommige mensen vonden haar te mager, maar dat vond ze zelf niet. Haar botten staken niet uit en ze was gelukkig niet plat, dus dat haar armen en benen aan de dunne kant waren, vond ze geen probleem. Wat haar wel kon schelen was dat ze door haar meisjesachtige uiterlijk en fijne blonde haar vaak jonger werd geschat dan ze was. Ze werd nog regelmatig voor veertien aangezien. Afschuwelijk vond ze dat. Haar moeder zei dat ze daar later blij mee zou zijn, maar daar had ze nu niks aan. Nu was nu en niet later.

De afgelopen dagen hadden Tess en Sue overigens gemerkt dat het hier niet zoveel uitmaakte hoe je eruitzag. Dun, dik, lang, kort, scheel, een haakneus of een kont als een walvis – als je een man aan de haak wilde slaan, kon je overal terecht. Zelf konden ze geen stap zetten of ze werden nagefloten. Dat was niet zo gek, want Tess en Sue waren leuke meiden om te zien, maar ook als je er minder aantrekkelijk uitzag, kreeg je hier alle aandacht. Niet overdag, want dan waren de jongens nog wel kritisch, maar hoe verder de avond vorderde, hoe minder het hun leek uit te maken hoe de meisjes die ze hun bed in wilden praten eruitzagen.

Het was nu nog redelijk vroeg in de avond, maar de jacht was klaarblijkelijk al geopend. Twee veel te zwaar opgemaakte, met veel te veel sieraden behangen en in veel te strakke rokjes gehesen meisjes kwamen langsparaderen. Meteen werd er een fluitsalvo ingezet door een paar horken op het terras van een bar aan de overkant. Zo te zien waren de jongens vanmiddag met een lege bierfles in hun handen wakker geworden en hadden ze die daarna nog vele keren vervangen door een vol exemplaar.

De twee flanerende meisjes leken nog van die aandacht te genieten ook.

'Gatver,' gruwde Sue. 'Hoe kun je het nou leuk vinden om door zulke *creeps* nagefloten te worden? Je zult daarmee moeten zoenen, jak!'

De lallende jongens smeten er nog wat vunzige woorden tegenaan. De meisjes stootten elkaar giechelend aan en liepen op de jongens af.

'Ongelofelijk...' zei Sue.

'Volgens mij zouden die meiden zich nog laten nemen ook,' zei Tess droogjes. 'Hoewel ik niet denk dat die gasten zoals ze er nu aan toe zijn nog veel zouden presteren.' Ze keek Sue aan. 'Zal ik toch Nikos maar een kans geven? We zitten hier nu al vier dagen en we zijn nog maar twee leuke jongens tegengekomen.' Tijdens N-Joy waren ze uit hun dak gegaan met twee Nederlandse jongens, maar terwijl Tess en Sue nog maar net op Kreta waren, zat het er voor die jongens alweer op en gingen ze de volgende dag naar huis. Tess had het daardoor met de aantrekkelijke donkere jongen niet verder laten komen dan dansen en een beetje *teasen*. Sue had met haar blonde filmheld wel staan zoenen, maar was niet op zijn voorstel ingegaan om nog met hem naar zijn appartement te gaan.

Naast de jongen van N-Joy was Nikos wat Tess betrof eigenlijk de enige die tot nu toe het etiketje 'leuk genoeg om mijn best voor te doen' verdiende. Nikos en zij hadden al uitgebreid met elkaar zitten flirten, maar verder was het nog niet gekomen. Vanavond had hij eindelijk vrij en zouden ze met hem uitgaan, samen met een oude schoolvriend van hem die een weekje op bezoek was.

Sue was benieuwd. Ze viel in ieder geval niet op jongens met een mediterraan uiterlijk, zoals Nikos. Er waren jongens genoeg hier, maar veel van hen waren hier overduidelijk alleen om elke avond stomdronken te worden en zo veel mogelijk meiden een 'beurt te geven'. Niet dat Sue nog nooit aan seks had gedaan, maar de manier waarop veel jongens erover praatten vond ze walgelijk.

Ze wierp een laatste blik op de menukaart en sloeg hem toen dicht. 'Ik weet wat ik wil,' zei ze beslist. 'En dat ga ik tot de laatste kruimel opeten.'

'Zou dat die vriend zijn?' vroeg Sue zich verrast af, toen ze Nikos en een blonde jongen zag naderen.

Tess trok haar gezicht in een goedkeurende grijns. 'Hmm… niet slecht…'

'Meisjes,' zei Nikos, terwijl hij met uitgestoken armen op hen af liep, 'zaten jullie al lang te wachten?'

'Al minstens een uur,' loog Tess. Ze gaf hem een kus op zijn wang. 'Je kunt wel merken dat je Grieks bent.'

'Dat komt door hem,' zei Nikos, naar zijn vriend wijzend. 'Hij moest zich nog optutten.'

Sue schoot in de lach. In een oogopslag kon ze zien dat er bij hem niet veel sprake was van optutten. Hij droeg een oud verwassen T-shirt en een baggy broek waarvan de te lange pijpen flodderig op zijn bijna afgetrapte sneakers vielen.

'Geen mascara vandaag?' vroeg ze, in zijn blauwgroene ogen kijkend.

Hij lachte twee kuiltjes in zijn wangen. 'Geen tijd meer, de gel duurde al zo lang.'

'Een hoop werk bij jou,' speelde Tess het spelletje mee, terwijl ze naar het gemillimeterde haar van de jongen keek.

'Maar je moest je T-shirt zeker nog strijken?' zei Sue.

'Ja,' zei hij. 'En mijn onderbroek.' Hij grijnsde en stak zijn hand naar Sue uit. 'Eric,' zei hij.

'Sue,' stelde ze zichzelf voor.

'Ja, dat wist ik al,' zei Eric. Hij keek Tess aan. 'En jij bent Tess.'

Tess wierp een blik op Nikos. 'Je hebt hem al volledig ingelicht?'

'Ja,' beaamde Nikos. 'Ook over het feit dat jullie je dure cocktails verspillen door ze in het gezicht te gooien van opdringerige dronken mannen.'

'Je moet toch wat met die cocktails,' zei Tess.

'Want eigenlijk mogen we niet drinken van onze ouders,' haakte Sue in.

Nikos lachte. 'Dan wordt het hoog tijd dat jullie je ouders ongehoorzaam worden.'

7

Sue kreeg niet gauw de kriebels van iemand, maar Eric was zo'n jongen. Hij zag er niet alleen goed uit, hij was ook nog grappig. Daarbij was het niet zo'n macho figuur, hij leek zelfs een beetje verlegen. Daar hield Sue van. Hij was twintig en studeerde economie. Dat vond ze minder. Economie, saai. Op school vond ze dat een verschrikkelijk vak, zij was meer een talenmens.

Eric had haar een beetje schuchter gevraagd mee te gaan naar de dansvloer, maar na een paar minuten kwam hij los en bleek hij best goed te kunnen dansen. Ze waren met een taxi naar Amnesia gegaan, een hotspot in Chersonissos, waar Sue en Tess nog niet eerder waren geweest. Ze vonden het meteen een vette tent. Geen vervelende dronken types, maar allemaal verschillende soorten mensen die gewoon van lekker feesten hielden. Aan één kant van de dansvloer was een grote spiegelwand. Eric en zij zagen er goed uit samen, vond Sue. Ze had een sexy jurkje aan van olijfgroene stretchstof dat ze speciaal voor deze vakantie had gekocht en dat haar kleine, maar mooi gevormde borsten goed deed uitkomen. De combinatie drank, muziek en het late tijdstip maakten haar overmoedig. Ze keek Eric verleidelijk aan, draaide toen de achterkant van haar lichaam naar hem toe, sloeg haar armen achterlangs om zijn onderrug en klemde zich heupwiegend tegen hem aan. Hij legde zijn handen om haar schouders en liet ze toen aarzelend afglijden naar de boven-

38

kant van haar borsten. Nog even, dan gingen ze zoenen, dat wist Sue zeker.

Tess en Nikos stonden bij de bar. Tess dronk een cocktail met een zoet, onbestemd smaakje. *'Surprise me,'* had ze tegen de barman gezegd toen ze om een cocktail vroeg en hij wilde weten welke. Cocktails waren ontzettend duur, maar af en toe kon er wel eentje af.

'En?' vroeg ze, terwijl ze Nikos aankeek. 'Hoeveel vriendinnen heb jij al gehad?'

Nikos boog zijn hoofd dichter naar haar toe. 'Wat?'

De muziek stond zo hard dat je bijna moest schreeuwen om jezelf een beetje verstaanbaar te maken.

'Hoeveel vriendinnen je al hebt gehad,' herhaalde Tess in zijn oor.

Nikos grijnsde. 'Jij bent wel erg direct, hè?'

Tess haalde haar schouders op. 'Je kunt het ook nieuwsgierig noemen.'

'Of bemoeizuchtig,' zei Nikos meteen.

Tess keek hem aan. Ze mocht hem wel. Hij had op alles een antwoord, daar hield ze van.

'Nou?' drong ze aan.

Nikos begon te tellen. 'Sylvia,' zei hij, terwijl hij zijn linkerduim opstak. 'Marion, Monique,' telde hij toen verder. 'Sandra, Marilena, Konstantina...' Hij was inmiddels bij zijn rechterduim aanbeland. 'Dat was het geloof ik,' zei hij.

'En ben je met alle zes naar bed geweest?' vroeg Tess brutaal.

'Tegelijkertijd of apart?' antwoordde Nikos ad rem.

Tess schoot in de lach. 'Nou, als je het met alle zes tegelijk hebt gedaan, dan ben je behoorlijk volwassen voor je leeftijd.'

Nikos keek haar gespeeld verwaand aan. 'Dat ben ik ook, maar ja, ik ben te jong voor jou... Jammer, je weet niet wat je mist.'

'Hmm,' zei Tess. 'Zou het?' Ze was een jaar geleden voor het eerst met iemand naar bed gegaan, een vakantievriendje in Spanje. Dat was niet bepaald een vrolijke ervaring geweest. Ze had onwijs lekker met hem gezoend, maar toen het er uiteindelijk van kwam, had hij er een snelle eenmansactie van gemaakt en was er voor haar niet veel aan geweest. Misschien was hij wel onzeker, had ze na afloop eerst gedacht, en voelt hij zich nu schuldig. Maar dat bleek niet het geval. *'Was it good for you too?'* had hij zelfs in haar oor gefluisterd! De volgende avond had ze hem alweer met een ander meisje zien zoenen.

Sindsdien was ze niet meer op iemand verliefd geweest, ze keek wel uit.

Ze pakte Nikos' hand en trok hem van de barkruk. *'Let's dance.'*

Nikos stond op. Toen boog hij zich plotseling naar voren en drukte zachtjes zijn mond op de hare. Hij liet al snel los en streelde toen even met zijn duim over haar lippen.

'Ja,' zei hij abrupt. *'Let's dance.'*

8

Tess had eigenlijk helemaal niet toe willen geven. Ze had Nikos nog een hele tijd aan het lijntje willen houden en haar principe om niet met jongens onder de twintig te daten willen handhaven. Maar het lukte haar niet. De kus die Nikos haar bij de bar had gegeven, bleef op haar lippen branden en aan het eind van de avond, toen ze met een taxi terug waren gegaan naar het hotel, gingen Sue en Eric nog even naar het strand wandelen ('Heet dat wandelen tegenwoordig?' had Tess gezegd) en waren Nikos en zij naar het zwembad geglipt. Nikos had de sleutel van de toegangsdeur naar de centrale binnentuin, die 's nachts altijd werd afgesloten. Daar, vlak naast het zwembad, hadden ze op het gras liggen zoenen.

Als Nikos het had aangegeven, was ze misschien wel verdergegaan, maar hij had geen aanstalten gemaakt. Dat had ze vreemd gevonden; ze had niet verwacht dat een jongen in een gelegenheid als deze zijn kans niet greep. Zeker niet in een vakantieoord als dit. Maar na een poosje had Nikos zich verexcuseerd en gezegd dat hij nog een paar uur slaap wilde pakken voordat hij weer aan de slag moest. Met een onrustig gevoel was Tess naar de hotelkamer teruggegaan. Ze had de gordijnen dichtgetrokken, was haar bed in gekropen en na een uur woelen en draaien uiteindelijk in een diepe, droomloze slaap gevallen.

Maar toen een paar uur later een volle blaas haar wakker riep, was Sues bed nog leeg...

Op de heenreis, in het vliegtuig, hadden ze afgesproken elkaar met rust te laten als dat nodig was en zich niet met elkaars liefdesleven te bemoeien. Tijdens de vakanties in Frankrijk en Spanje was dat ook prima gegaan. Maar toen hadden ze pas aan het eind van de vakantie een vriendje aan de haak geslagen. Nu waren ze hier nog maar net!

Tess sprong uit bed en greep naar haar mobiel. Bellen was natuurlijk hartstikke duur, maar ze moest weten waar haar vriendin uithing.

'Hm-mm,' hoorde ze een slaperige stem aan de andere kant van de lijn. En toen: 'Gatverdamme! Shit!'

'Wat?'

Sue barstte in lachen uit. 'Letterlijk shit!' riep ze.

Op de achtergrond hoorde Tess ook Eric schaterlachen.

'We zijn op het strand in slaap gevallen,' legde Sue uit. 'En een of andere schijthond heeft vlak naast ons een gigantische drol zitten draaien. Gatverdamme, ik lig er bijna in!'

Tess schoot in de lach. 'Die hond zal wel strontziek worden van al die seksende stelletjes. Het is zíjn strand, weet je.'

Sue kon niet stoppen met lachen. 'Ik kom nu naar het hotel, zie je zo!' tetterde ze. De lijn werd verbroken.

'Dombo,' grinnikte Tess, die haar slaapshirt over haar hoofd uittrok en onder de douche stapte. Ze draaide de kraan open en sprong meteen achteruit. 'Ah! Koud!' Maar wonder boven wonder werd heel langzaam de waterstraal warmer en nam ze alsnog een lange, warme douche.

'En?' vroeg Sue nieuwsgierig toen ze de kamer binnenkwam en Tess in een handdoek gewikkeld en met natte haren op haar bed aantrof.

'Wat én?'

'Nou, hebben jullie het gedaan?'

Tess keek haar vriendin uitdagend aan. 'Dat zou je wel willen weten, hè? Jij?'

'Ik vroeg het eerst.'

'Ik zeg het pas als jij het hebt gezegd.'

Sue trok geïrriteerd haar schouders op. Dat deed Tess nou altijd. En ze wist nu al dat ze het zou verliezen. 'Oké,' gaf ze dus meteen maar toe. Ze keek Tess uitdagend aan. 'Nee, we hebben "het" niet gedaan, maar voor de rest mag ik niet klagen...'

'O, nee?' wilde Tess meteen weten. 'Wat dan?'

'Hmm...' zei Sue plagerig. 'Ik weet niet of ik je dat wel ga vertellen...'

'Natuurlijk ga jij me dat vertellen!' riep Tess. 'En wel meteen!'

'Nou...' zei Sue tergend langzaam. 'We zijn in ieder geval verdergegaan dan zoenen...'

Tess keek haar vragend aan.

'Eerst heeft hij...' begon Sue.

Tess hief haar hand. 'Ho maar,' zei ze. Ineens wilde ze de details helemaal niet horen. Aan de ene kant vond ze Sues vrijgevochtenheid stoer, maar aan de andere kant wist ze ook vaak niet zo goed hoe ze daarmee om moest gaan. Omdat Tess niet op haar mondje gevallen was, dacht iedereen altijd dat zíj de losbandige van hun tweeën was, maar het was andersom. Sue zag er dan wel lief en meisjesachtig uit, maar met jongens was ze veel vrijer dan Tess.

'En jullie dan?' wilde Sue weten, die het zo te merken geen probleem vond om haar verhaal voor zich te houden.

'Het enige wat Nikos en ik hebben gedaan, is naar het zwembad *sneaken* en zoenen,' bekende Tess schoorvoetend.

'Maar dat was dan ook wel heel gaaf,' zei ze er snel achteraan.

'En dat was het?' zei Sue verbaasd, terwijl ze naast Tess op de rand van het bed ging zitten. 'Alleen zoenen?'

'Ja.'

'Nou zeg, dat had ik nooit verwacht,' zei Sue. 'Ik was ervan overtuigd dat jullie het zouden gaan doen. Op de dansvloer zagen jullie er zo broeierig uit…'

'Ja, dat was ook zo,' bekende Tess, die eigenlijk niet wist hoe ze gereageerd zou hebben als Nikos verder had willen gaan. 'Maar eigenlijk ben ik wel blij dat het er niet van gekomen is, want mijn condooms lagen nog op de kamer en ik weet niet of Nikos wel iets bij zich had.'

'Er bestaan ook andere dingen dan met elkaar naar bed gaan, hoor,' zei Sue.

'Ja, duh, dat weet ik ook wel,' zei Tess een beetje geïrriteerd. Met een ongeduldig gebaar pakte ze een puntje van haar handdoek en veegde het water dat uit haar haren druppelde van haar nek.

'Trouwens, over condooms gesproken…' zei Sue. Kreunend sloeg ze haar handen voor haar gezicht. 'Dát was erg!' Giechelig keek ze Tess aan. 'Ik was met mijn moeder bij de drogist en toen ging ze zo lekker jong en modern doen, weet je wel, en toen vroeg ze keihard bij de kassa welke ik wilde! Terwijl er een hele rij stond, ik kon haar wel killen! En toen zei ze ook nog dat zij er niet zoveel verstand van had. Gênant, dat wil je niet weten!'

'O nee, wat erg!' gilde Tess. 'En welke heb je toen genomen?'

'Die rooie, die gewone, weet ik veel.'

'Dus jij hebt er ook niet zoveel verstand van?'

Sue begon te grinniken. 'Nou ja, ik heb het nog maar een

paar keer echt gedáán. Voor de rest heb ik alleen op school op een komkommer geoefend, dus om nou te zeggen dat ik een condoomkenner ben...'

Tess dacht terug aan haar Spaanse lover, die er opvallend bedreven mee was geweest. Later begreep ze dat hij een grootverbruiker was. 'Het zou me niks verbazen als mijn verpakking onaangebroken thuiskomt,' zei ze toen.

Sue stond op. 'Ik wil nog niet denken aan thuiskomen. Ik ga douchen.' Ze trok haar kleren uit, liep naar de badkamer en draaide de kraan open. 'Hè, shit!'

'Oeps,' zei Tess, terwijl ze een hand voor haar mond sloeg. 'Sorry, ik geloof dat de voorraad warm water voor vandaag al op is...'

9

De douche weigerde nog één druppel warm water te produceren.

'Dan maar naar het zwembad,' stelde Sue voor.

'Zal ik je daar dan maar even scrubben?' zei Tess bij wijze van grapje, doelend op Sus vervellende huid.

'Ja, goed idee, lekker hygiënisch.' Sues gezicht vertrok in een pijnlijke grimas. 'Ik moet nog niet denken aan scrubben, dat zou nu wel pijn doen, denk ik.'

Gelukkig had de aloë vera goed geholpen en was hun huid aardig bijgetrokken, maar met in de zon liggen moesten ze helaas nog uitkijken.

Ze pakten hun badspullen bij elkaar.

'Páme?' zei Tess, het Griekse woord voor 'Gaan we?' dat ze gisteren van Nikos hadden geleerd.

Sue sloeg haar badtas over haar schouder. 'Páme,' zei ze.

Beneden zat Nikos achter de balie van de receptie. 'Beetje geslapen?' vroeg hij toen hij de meiden de trap af zag komen. Zelf zag hij er niet bepaald uitgeslapen uit, de kringen stonden onder zijn ogen.

'Als een os,' antwoordde Tess, wat de waarheid was, maar waarmee nog niets gezegd was over de tijd dat ze wakker had gelegen.

'En jij ook, heb ik gehoord?' Nikos richtte zich tot Sue. 'Iemand fluisterde mij in dat hij met een aangespoelde zeemeermin de nacht had doorgebracht. Zo te horen leek ze precies op jou.'

Sue keek hem lachend aan en antwoordde gevat: 'Ja, hoe is het met mijn zeemeerman?'

'Je moet de hartelijke groeten van hem hebben,' antwoordde Nikos. 'Hij had je telefoonnummer niet en hij belde me net of ik aan jou door wilde geven dat hij vanmiddag in Star Beach te vinden is.'

'Star Beach? Heb jij het daar ook niet al eens over gehad?' vroeg Tess.

Nikos trok zijn wenkbrauwen op. 'Je wilt toch niet zeggen dat jullie niet weten wat Star Beach is?'

Tess en Sue keken elkaar vragend aan. 'Hebben we wat gemist?' vroeg Sue.

'Het beroemdste waterpark van vakantievierend Kreta,' legde Nikos uit. 'Of liever gezegd: van jóng vakantievierend Kreta, want bejaarden tref je daar niet aan.'

Hij pakte een folder uit een doos. 'Hier, gloednieuw, net binnen.'

Tess pakte de folder aan. STAR BEACH WATERPARK stond erop. Ze sloeg hem open. 'Waterscooters, bungeejumpen, waterglijbanen, trampolines, bars, beachparties...' las ze hardop.

'Beachparties?' riep Sue meteen. 'Wanneer?'

'Een paar keer per week,' antwoordde Nikos. 'Ik weet het niet precies uit mijn hoofd. Deze week kan ik zelf helaas niet, want ik moet elke avond werken. En ik weet niet hoe Eric zit met zijn familie.'

Sue keek hem verrast aan. 'Familie? Ik dacht dat hij hier in zijn eentje was om jou op te zoeken?'

Nikos schudde zijn hoofd. 'Hij is hier voor een soort reünie. Tantes, ooms, neven, nichten, de hele mikmak.'

'Hebben ze hem vannacht dan niet gemist?' vroeg Sue.

Nikos haalde zijn schouders op. 'Geen idee. Hij heeft er niks over gezegd.'

'En is Star Beach ver van hier?' wilde Tess weten. 'Hoe komen we daar?'

Opnieuw schudde Nikos verbaasd zijn hoofd. 'Dat je dat niet wéét, dat heb ik nog nooit meegemaakt. Het is in Chersonissos. Er gaat een bus, nog geen tien minuten en je bent er. Of je huurt een scootertje natuurlijk.'

Sue en Tess wierpen een blik van verstandhouding naar elkaar. Ze hadden bijna met hun hand op de Bijbel moeten zweren dat ze geen scooter zouden huren. Van Sues vader mocht het al helemáál niet, en hoe makkelijk René vaak was, ook bij hem waren scooters uit den boze. 'Levensgevaarlijk,' had hij gezegd. 'Weet jij wel hoe die Grieken rijden? De tweebaanswegen worden daar gebruikt als zesbaans, en wie het hardste toetert heeft voorrang. En hoeveel roekeloze toeristen er op die rotdingen zitten, en op die afschuwelijke quads.'

Die laatste vonden Tess en Sue ook verschrikkelijk. Een quad was een soort tractor, maar dan te heet gewassen. Geen gezicht, zo'n ding. Maar een scooter... Als het aan hen had gelegen, hadden ze er allang een gehuurd. Angst dat er iets zou gebeuren, zodat hun ouders erachter zouden komen, had hen er vooralsnog van weerhouden.

'Wij mogen niet op een scooter van onze ouders,' legde Tess uit. 'Dat vinden ze gevaarlijk.'

'Ach, wat een onzin,' reageerde Nikos. 'Het ligt er maar aan hoe je erop rijdt. Het is best oké als je niet te hard gaat en goed rechts blijft.'

Tess keek Sue vertwijfeld aan.

'Nee,' zei Sue beslist. 'We nemen de bus.'

Een uur later – ze hadden nog net een ontbijt kunnen scoren (het enige van de hele vakantie, bleek later, want ze lagen steeds veel te laat in bed om het ontbijt nog te halen) – stonden ze in de bus. Toen die aan kwam rijden had hij al propvol gezeten, maar de conductrice (die ze op Kreta klaarblijkelijk nog hadden), een jonge Griekse vrouw met haar handen en polsen vol ringen en armbanden, wist de minstens twintig toeristen die nog mee wilden evengoed naar binnen te wurmen. Een kaartje, dat ze van een soort bonnenboekje scheurde, bleek een euro te kosten.

Tess hield zich vast aan een beugel die halflos aan het plafond hing. De bus was vrijwel alleen gevuld met vakantievierende jongeren.

Tess vloekte toen de bus ruw optrok en een medepassagier zijn puntige elleboog in haar zij prikte. 'Jij staat hier niet in je eentje, hoor!' zei ze boos.

'Kan ik er wat aan doen,' bromde de jongen van de elleboog. 'Alsof het mijn schuld is dat die bus zo vol zit.' Het was een pukkelige puber met een totaal verkeerd geel T-shirt aan waar dunne witte armen uitstaken, en een ook totaal verkeerde, veel te ruimzittende zwarte boxershort, met daaronder dunne witte benen.

'De volgende keer huur ik een scooter,' mompelde Tess.

'Ik wil ook wel een scooter huren, weet je,' zei de jongen. 'Maar dit is echt goedkoper, weet je.'

'Nee, dat weet ik niet,' zei Tess, die haar lachen bijna niet in kon houden.

'Een scooter kost tig euro per dag, weet je, de bus maar een euro. Heen en terug is twee euro, weet je.' De jongen keek haar aan alsof hij haar net een som uit de hogere wiskunde had uitgelegd.

'Goh,' zei Tess. 'Nou, dan weet ik dat ook weer.'

Ze draaide haar hoofd terug en zag dat Sue bijna de slappe lach had.

'Gaan jullie ook naar Star Beach?' hoorde ze de jongen vragen.

Tess keek naar de troep uitgelaten toeristen om haar heen. 'Tja, wie niet?'

De jongen lachte een groenfluorescerende beugel bloot.

Ook dat nog, dacht Tess. Ze kreeg bijna medelijden met hem.

Op dat moment zag ze de veelbetekenende blik van een meisje dat vlak naast hem stond. Het meisje keek Tess even aan en sloeg toen een bezitterige arm om de jongen heen. Gelukkig, die is bezet, dacht Tess grinnikend.

De bus maakte een noodstop. Tess knalde tegen Sue aan. Ze vloekte hartgrondig. 'Lul!' riep ze erachteraan.

'Menééér lul voor jou,' reageerde een Nederlandse man die zichzelf klaarblijkelijk wel grappig vond.

'Star Beach!' riep de conductrice om, voordat Tess iets terug kon zeggen.

De deuren zwaaiden open. Bijna iedereen stapte uit.

'Vast een populaire plek,' zei Sue.

'Of er is niks beters te doen hier,' zei Tess. 'En dan moet je toch wat.'

Ze liepen achter de meute aan naar de ingang.

Tuut-tuut! klonk het over de ventweg die ze moesten oversteken. Daar kwam een toeristentreintje aanrijden, propvol met ouders en hun kroost.

'Leuk!' zei Sue met een kleuterstemmetje. 'Dat wil ik ook!' Ze huppelde op het treintje af.

'Sue, kom onmiddellijk terug!' riep Tess op de toon van

een moeder die haar kind roept. 'Anders krijg je straks geen ijsje!'

Sue huppelde naar haar terug en stak haar armen in de lucht. 'Ben ík blij dat ik hier zonder mijn ouders ben!' Ze pakte Tess bij de hand. 'Kom, we gaan lekker alles doen wat niet mag!'

10

'Jemig, wat een mierenhoop,' zei Sue toen ze het terrein over liepen. Waar je ook keek, liepen, stonden, zaten, hingen, dreven en lagen mensen: op badlakens, ligstoelen en strandbedjes, op barkrukken en caféstoelen, en in de *Lazy River,* de watergeul die rond een deel van het park liep en waar je je op een zwemband doorheen kon laten drijven als je tóch even niets te doen had.

'Maar wel vet!' glunderde Tess, die van de folder nog niet echt onder de indruk was geweest, maar nu het liefst meteen overal op, vanaf en doorheen wilde. Ze zagen twee enorme bungeetrampolines (waarvoor je moest betalen), allerlei waterglijbanen (waarvoor je moest betalen) en in de verte hoorden ze de waterscooters knetteren (waarvoor je moest betalen).

'Kijk, daar!' zei Sue.

Ze wees naar een hijskraan, aan de rand van het park, waar net een meisje in een gele bak naar boven werd gehesen om een bungeejump te maken.

'Vet...' zei Tess. Verlangend keek ze naar boven.

'Getver, je wilt toch niet zeggen dat jij dat ook gaat doen?'

'Tuurlijk wel!' riep Tess, die Sue meetrok.

Tess was dol op dit soort uitdagingen. In de klimhal deed ze binnen de kortste keren routes die een beginner normaal gesproken helemaal niet kan. Tess draaide haar hand er niet voor om. Nu ze met haar hoofd in haar nek die gele bak langzaam zag stijgen, wou ze dat ze er zelf al in zat.

Onder luid gejuich van het publiek beneden klonk er een paar minuten later een snerpende gil en tuimelde het meisje met het elastiek om haar enkels naar beneden.

'Gatverdamme!' gruwde Sue. 'Dat ze dat durft!'

Een Nederlandse jongen in het publiek draaide zich naar hen om. 'Het is echt cool, je móét het doen,' zei hij. 'Je weet niet wat je meemaakt.'

Sue keek naar het meisje dat gillend aan het elastiek op en neer zwiepte.

Het publiek joelde en applaudisseerde.

'Is dat de voorgeschreven kleding?' vroeg Sue, wijzend op het meisje, dat slechts gekleed in een string en een bikinitopje ondersteboven aan het touw hing.

De jongen lachte. 'String, bontjas, wat jij wilt.'

'Skipak,' zei Tess meteen.

'Met moonboots,' vulde de jongen aan.

'En alle Schotse jongens in een kilt zonder zwembroek eronder,' zei Sue.

Ze moest er zelf erg om lachen, en de jongen ook. Hij keek haar flirterig aan.

'Zijn jullie hier al lang? Ik heb jullie nog niet gezien.'

'Een paar dagen pas,' antwoordde Sue kortaf, die na de afgelopen nacht eigenlijk geen zin had in het geflirt van een wildvreemde jongen. 'Kijk, ze heeft het overleefd,' zei ze snel om zijn aandacht af te leiden. Ze wees naar het meisje, dat aan de kant werd geholpen. Een nieuwe enthousiasteling werd alweer in de gele bak omhooggehesen.

'En, wanneer gaan jullie?' vroeg de jongen.

Sue keek naar de uitnodigende ligweide achter zich. 'Eerst maar even in de zon?' stelde ze Tess dwingend voor.

'Best een lekkere gast,' zei Tess. 'Volgens mij vond hij jou wel leuk.' Ze hadden een plekje kunnen bemachtigen op de grote ligweide. De bedjes vonden ze te duur, ze konden hun geld wel beter gebruiken.

'Hallo, ik heb net Eric ontmoet, ja?' reageerde Sue, een nieuw pakje sigaretten openpeuterend.

Tess draaide haar hoofd naar haar toe. 'Je gaat me toch niet vertellen dat jij je meteen aan de eerste de beste jongen wilt binden?' Tijdens de vorige vakanties had Sue dat ook niet gedaan. Ze had wel met allerlei jongens geflirt, maar een echt vakantievriendje had ze pas tijdens de laatste vier dagen gehad.

Sue keek Tess vertwijfeld aan. 'Nee, tuurlijk niet,' zei ze toen stellig. En er meteen achteraan: 'Maar ik vind Eric wel heel leuk...'

'Hmm,' zei Tess. Ze moest toegeven dat zij zich op haar beurt ook best tot Nikos aangetrokken voelde, en dat hij vannacht niet meteen boven op haar was gedoken, had ze best bijzonder gevonden, maar om je nou meteen te binden... Ze keek om zich heen. Overal jongens en meiden die elkaar luidruchtig aan het versieren waren en op deze tijd van de dag al niet meer op frisdrank alléén zaten. Het lijkt Terschelling wel, dacht Tess, of Texel. Ze had laatst een documentaire gezien over jongerencampings op de wadden. Ouders laten hun kinderen daar gemakkelijker naartoe gaan, omdat dat in Nederland is en het zogenaamd *safer* zou zijn – nou, vergeet het maar. Dan kon je net zo goed in Spanje of in Griekenland zitten, dan had je nog lekker weer toe. Ze draaide haar hoofd naar de zon en wilde net haar ogen dichtdoen, toen ze Eric aan zag komen lopen.

Tess schrok. Hij was niet alleen...

'Hé, Sue,' zei Tess. Ze stootte haar vriendin aan.

Op het moment dat Sue haar ogen opendeed, stond Eric al voor haar neus.

'Ha, zeemeermin,' zei hij met een stralende lach.

Als hij in zijn eentje was geweest, had ze het waarschijnlijk niet kunnen laten om op te springen en hem om de hals te vallen, maar nu bleef ze als versteend zitten en mompelde iets wat op een vaag 'hallo' leek.

Daar stond hij, hand in hand met het mooiste meisje dat ze ooit had gezien. Lang, kastanjerood krullend haar, een donkergroene bikini met bijpassende heupdoek die om haar zongebruinde lichaam zaten alsof ze speciaal voor haar waren gemaakt, en een zwarte, overduidelijk dure zonnebril die perfect paste bij de perfecte vorm van haar fotomodellengezicht.

Hij durft, dacht Sue pissig. Mij vannacht een beetje zitten versieren en dan met haar komen aanzetten! Ze kon hem wel slaan. Maar voordat ze iets kon zeggen, ging Eric naast hen op het gras zitten en trok het meisje naast zich.

'Mag ik jullie voorstellen,' zei Eric, terwijl hij een arm om de schouders van het meisje legde. 'Dit is mijn zus Karen.'

Sue schoot overeind. Zús? Ze voelde zich opgelucht en boos tegelijk. Sinds wanneer lopen broer en zus hand in hand?

'Karen, dit zijn Sue en Tess,' ging Eric onverstoorbaar verder.

'Hé,' zei Tess. Ze stak haar hand op.

'Hallo,' antwoordde Karen een beetje verlegen. Ze duwde haar zonnebril steviger op haar neus en keek toen verlangend om zich heen. 'En waar is nou die bungeejump?'

Sue keek om. De hijskraan stond precies in Karens gezichtsveld.

'Daar, zie je?' wees Sue.

Even was het stil. 'Nee, dat ziet ze niet,' zei Eric toen. 'Karen is blind.'

Geschokt sloeg Sue een hand voor haar mond. 'O shit, sorry...'

'Geeft niks. Dat kon jij toch niet weten?' zei Karen, terwijl ze haar hand op Sues schouder legde. Haar handpalm voelde warm aan. Om haar linker ringvinger zat een zilveren ring met een flonkerende lichtgroene steen.

'Blind? Echt?' riep Tess verbaasd uit. 'Wie heeft jouw bikini dan uitgezocht?'

Karen schoot in de lach. 'Ikzelf. De stof voelde lekker en mama zei dat-ie me goed stond.'

Mama, dacht Tess. Wat lief. Zo te zien moest ze al minstens twintig zijn, dan zou je verwachten dat ze 'mijn moeder' zou zeggen.

'Ik heb tot mijn dertiende kunnen zien,' legde Karen uit. 'Ik ben door een ziekte blind geworden. Ik weet dus wel hoe dingen eruitzien. Ik zie trouwens nog wel een heel klein beetje licht en ik kan schimmen zien, en sommige kleuren.' Ze streek met haar hand over het blauwe badlaken van Tess. 'Dit blauw kan ik bijvoorbeeld zien.' Ze grinnikte. 'En hier kun je ook niet omheen,' vervolgde ze, terwijl ze naar de oranje doek van Sue wees.

'Die heeft ze speciaal voor jou uitgezocht,' zei Eric. 'Sue wíst dat ze jou zou tegenkomen.'

'Hoe oud ben je nu?' vroeg Tess nieuwsgierig.

'Achttien,' antwoordde Karen. 'Een jaar jonger dan Eric.'

Jeetje, achttien pas, dacht Tess. Wat ziet ze er dan al volwassen uit.

'Negentien?' riep Sue. 'Je zei dat je twintig was!'

Eric bloosde. 'Ben ik ook bijna. In december...'

'Dan ben je bijna oud genoeg voor mij!' riep Tess lachend. Grijnzend pakte Eric Sues hand en trok haar naar zich toe. 'Maar ik heb mijn zeemeermin al.'

Nu was het Sues beurt om te blozen. Ze had een supervette avond met hem gehad, maar misschien had Tess gelijk. Wilde ze inderdaad wel de rest van de vakantie aan één iemand vastzitten? Ze maakte haar hand los en deed alsof ze een verdwaalde haarlok achter haar oor wilde strijken. Met haar andere hand drukte ze haar sigaret uit. 'En, wat gaan jullie nu doen?' vroeg ze snel.

'Ik ga bungeejumpen!' antwoordde Karen stralend.

'Getver!' riep Sue. 'Dat is voor jou toch al helemaal eng?'

'Juist niet,' zei Karen. 'Ik kan toch niet zien hoe hoog het is. Maar ik wil het graag voelen.'

Sue keek Eric aan.

'En jij? Ga jij ook?'

Eric gruwde. 'Mij niet gezien, ik vind van de lage duikplank al eng genoeg.'

Sue keek hem verrast aan. 'Dus jij bent niet zo'n stoere bink als ik had gedacht?'

'Helaas, ik moet je teleurstellen. Voor mij geen bungeejumpen, cliffdiven, rollercoasten of parachutespringen. Laat mij maar lekker op de grond.'

'Dus het wordt autoracen?' vroeg Tess.

'Nou…' aarzelde Eric. 'De botsautootjes, vooruit. Dat kan ik nog wel aan.'

Hij sloeg een arm om Sue heen. 'En jij, ben jij wel een stoere bink?'

'Zíj?' riep Tess meteen. 'Het pierenbadje is haar nog te diep!'

Eric lachte en drukte zijn lippen op die van Sue. '*Perfect match*,' zei hij.

11

Tess en Sue pakten hun spullen bij elkaar om naar Karens sprong te kijken. Maar toen ze bij de bungeejump aankwamen, bleken de tickets voor die dag al te zijn uitverkocht.

'Hè...' zuchtte Karen teleurgesteld toen Eric met dit nieuws terugkwam van de inschrijfbalie, die bestond uit een vierkante houten bar met een rieten dak erover.

Tess hoefde niet te raden wat Karen voelde. Hoewel ze zelf dol was op spannende dingen, vond ze het als het erop aankwam toch vaak eng. Als je dan moest wachten, durfde je soms niet meer.

Ze keek naar balie. Daar stond een zongebruinde, wat oudere man, met zijn blonde haar in een paardenstaart gebonden. Aansteller, dacht Tess, knip je haar af. Toch besloot ze zich van haar brutaalste, maar tegelijkertijd charmantste kant te laten zien. Ze liep op de balie af en wachtte tot hij klaar was met een Duits meisje dat in hakkelend Engels een paar vragen aan hem stelde. Toen ze wegliep, draaide de blonde man zich naar Tess toe. Zijn gezicht verstrakte, alsof hij van haar schrok.

'*Hi*,' zei Tess snel, door zijn blik in verlegenheid gebracht. '*Can I ask you something?*'

Hij keek haar doordringend aan. Zijn ogen waren blauwer dan blauw en leken dwars door haar heen te kijken.

'*Shoot,*' zei hij toen kortaf, terwijl hij zijn blik afwendde en iets op een blaadje schreef.

'Uh… *we have this friend here,*' zei Tess aarzelend. Ze draaide zich half om en wees naar Karen. '*The one with the black sunglasses. She's blind, is she allowed to jump?*' Tess had op het waarschuwingsbord dat aan het rieten dak was bevestigd – en waarop stond bij welke kwalen je absoluut niet mocht springen – allang gezien dat daar alleen dingen op stonden als hartproblemen en duizeligheid, maar ze hield zich van den domme.

'*Yeah, right,*' lachte de man schamper, terwijl hij een blik op Karen wierp. '*Blind, pfff, the excuses they use…*'

'*It's not an excuse!*' reageerde Tess kwaad. Dan niet, klootzak, dacht ze. Ze draaide zich om en liep weg.

'*Wait,*' hoorde ze de man zeggen. '*You're telling me a story, right?*'

Tess draaide zich weer naar hem toe en trok haar wenkbrauwen op. '*Excuse me? A story?*'

De man kwam achter de bar vandaan. Onder zijn blauwe mouwloze T-shirt droeg hij een lichtgele surfbroek en een paar afgetrapte zwarte slippers. De blonde haartjes op zijn onderarmen- en benen glansden in de zon en op zijn linkerbovenarm zag Tess een tatoeage van een dolfijn.

'*Sorry,*' zei hij. Hij mompelde dat ze vast niet wilde weten wat voor excuses er werden gebruikt voor een voorkeursbehandeling. Waarop Tess loog dat ze daar ook helemaal niet om vroeg, maar alleen wilde weten of je als je blind bent wel mocht springen. De man keek haar grijnzend aan. '*You're a bad liar,*' zei hij.

Toen stak hij zijn hand uit. '*Sunny,*' zei hij. '*And you are?*'

'Tess.' Voor haar gevoel paste haar hand wel drie keer in de zijne en zijn huid voelde zachter aan dan zijn cowboyachtige uiterlijk had doen vermoeden.

'*Tess*,' herhaalde hij met een ernstig gezicht, terwijl hij haar hand nog even vasthield en haar diep in de ogen keek. Toen liet hij haar hand los en streek een verdwaalde pluk haar uit zijn gezicht, dat aan de rimpels te zien al jarenlang aan te veel zonlicht was blootgesteld. Om zijn nek zag Tess een gouden kettinkje met een hangertje van een dolfijn eraan.

'*You like dolphins?*' vroeg ze, om zichzelf een houding te geven. Ze had zich in tijden niet zo ongemakkelijk gevoeld in het bijzijn van een man en dat beviel haar niks.

'*Dolphins, yeah, love 'm,*' antwoordde hij met een brede glimlach. '*You?*'

'*Yes...*' zei Tess met een zucht. '*Very much...*' Het was haar diepste wens om nog eens met dolfijnen te zwemmen. Misschien dat ze er daardoor zo vaak over droomde. Maar om die droom werkelijkheid te laten worden zou ze naar Israël moeten, of naar Egypte of Hawaii, want hier kwamen ze zelden aan de kust.

Sunny wees naar Karen. '*So, let's see your friend.*'

'Jongens, misschien heb ik iets kunnen regelen,' zei Tess, terwijl ze op haar vrienden af liep. 'Dit is Sunny.'

Side up, dacht Sue er meteen grinnikend achteraan, die toen ze twaalf was met haar broer en ouders een reis door Amerika had gemaakt. Ze had toen voor het ontbijt heel vaak om een *sunny side up* gevraagd. Niet alleen omdat ze dol was op spiegeleieren, maar ook omdat ze de Amerikaanse naam daarvoor zo grappig vond.

Sunny legde zijn hand op Karens schouder. '*So you want to jump?*'

Karen knikte een beetje stuurs. '*Yes, but I'll wait till tomorrow.*'

Sunny pakte haar hand en zei: *'No, it's okay. Let's take you there – my treat.'*

Vertwijfeld keek Karen in Erics richting.

'Ga nou maar,' spoorde Eric haar aan. 'Anders moet je hier morgenochtend misschien in een slaapzak voor de ingang gaan liggen. Wil je dat liever?'

'Nou, een slaapzak lijkt me hier niet nodig,' zei Tess, terwijl ze met haar hand haar ogen afschermde en naar de fel brandende zon keek. 'Warm genoeg hier.'

'Morgen wordt het vijfenveertig graden, hoorde ik,' zei Eric. 'Bereid je maar voor.'

'Shall we?' vroeg Sunny.

Aarzelend liep Karen met hem mee.

Eric keek Tess aan. 'Prima geregeld van je.' Hij aarzelde. 'Maar ik weet niet of ze dit wel een goed idee vindt. Ze houdt er niet van om een voorkeursbehandeling te krijgen. Ze wil behandeld worden als iedereen en wil liever niet te veel opvallen…'

Sue schoot in de lach. 'Dat doet ze toch al – moet je kijken.'

Het was waar: iedereen keek naar Karen, zowel mannen, vrouwen als kinderen.

'Tja,' zei Eric met een zucht. 'Als ze mijn zus niet was…'

Sue gaf hem een stomp. 'Ja, wat dan?'

'Dan had ik nu niet aan jou vastgezeten.' Eric sloeg een arm om haar heen.

'Dat zit je ook niet. Je kunt doen wat je wilt,' zei Sue, terwijl ze zich onder zijn arm uit wurmde. Maar Eric boog zich naar haar toe en gaf haar een kus.

'Maar wíl ik dat wel?' fluisterde hij.

12

Er rees gejoel op. Iemand had klaarblijkelijk opgevangen dat Karen blind was en dat gonsde nu door het publiek. Karen haatte dat. Tegelijkertijd wist ze dat dat geen zin had. Ze was blind, klaar uit. Ook dat ze mooi was, wist ze. Alleen baalde ze er soms van dat ze zichzelf niet kon zien. Na zes jaar was ze er inmiddels wel aan gewend dat ze blind was, maar dat ze niet precies wist hoe ze eruitzag, vond ze verschrikkelijk.

Voordat ze blind was geworden, was ze erg onzeker over zichzelf geweest. Ze was op haar dertiende al een mooi meisje geweest, maar zelf had ze dat toen nog niet in de gaten. Haar borsten waren destijds nog nauwelijks ontwikkeld en ze was ook nog niet ongesteld. Dat kwam allemaal pas toen ze al een jaar haar gezichtsvermogen kwijt was. In de gele bak van de hijskraan voelde ze zich ineens nerveus. Stel dat het elastiek te slap is? Ineens ging haar hart als een bezetene tekeer. Ze ademde diep in en uit.

'Gaat het?' vroeg de jongen die zich had voorgesteld als Rick, een Nederlander die hier werkte en wiens taak het onder andere was om de mensen naar boven te brengen, vast te maken aan het elastiek en voor te bereiden op de sprong.

Karen knikte. 'Ja, oké, maar een beetje eng... Het elastiek is toch wel goed, hè?'

'Maak je geen zorgen, meer dan goed,' antwoordde Rick. 'Dapper dat je dit durft, trouwens,' vervolgde hij met bewondering in zijn stem. 'Als ik blind zou zijn, zou ik het lef misschien niet hebben.'

'Hebben de meeste mensen als ze springen hun ogen dan niet dicht?' vroeg Karen.

'Ja,' zei Rick, die daar klaarblijkelijk zelf nog niet aan had gedacht. 'Ja, inderdaad, je hebt gelijk...'

De bak stopte, ze waren op vijftig meter hoogte. Rick legde nog een keer uit wat ze moest doen. Beneden hoorde Karen de mensen joelen.

'Ik tel tot drie, dan spring je,' zei Rick ten slotte. 'Klaar?'

Karen knikte. Haar hart bonsde. Ze stond met haar voeten op het randje en hoorde de aanmoedigingen van de mensen beneden.

'Eén,' telde Rick.

'Twee.'

Karen haalde diep adem.

'Drie!'

Karen aarzelde geen moment. Ze liet zich naar voren vallen.

Tot nu toe had ze iedereen die sprong horen schreeuwen. Zij schreeuwde niet. Niet het minste geluid kwam over haar lippen. Geluidloos tuimelde ze naar beneden. Een golf van emotie spoelde door haar lichaam. Toen moest ze huilen.

13

'Mijn god,' stamelde Eric beneden op het strand. 'Daar gaat ze...'

Karen viel geluidloos en met gespreide armen door de lucht.

'Ze gilt niet,' merkte iemand op.

'Dat komt doordat ze blind is,' zei iemand anders.

'Ze is toch niet doofstom?' zei de eerste weer.

Karen werd door het elastiek nog een paar keer stevig op en neer en heen en weer gezwiept. Haar loshangende kastanjerode haar zwiepte vrolijk mee.

Toen het elastiek tot rust was gekomen, werd ze door twee andere jongens, onder wie een Nederlander die zich voorstelde als Thomas, met een haak om haar middel aan de kant getrokken.

'Mooie sprong,' zei Thomas, die haar weer op de grond hielp.

'Ja?' zei ze zachtjes. Ze hief haar hoofd.

Verschrikt zette Thomas een stap naar achteren. Karen had voor de sprong haar zonnebril afgedaan en haar witblauwe, bijna doorschijnende ogen staarden hem bewegingsloos aan.

Gelukkig had Karen zijn reactie niet in de gaten. Ze keek om zich heen. 'Eric?' bracht ze vertwijfeld uit.

'Hier ben ik!' riep Eric, die net op dat moment samen met Sue en Tess op zijn zus af rende.

Prompt begon Karen te huilen.

'Hé, zusje,' zei Eric geschrokken. 'Was het eng?' Hij sloeg een arm om haar heen.

Karen snikte en schudde haar hoofd. Toen knikte ze. 'Ja, het was eng,' zei ze met een dunne bibberstem. 'Maar ook heel vet. Zó... Ik kan het niet uitleggen... Ik was helemaal, helemaal vrij...' Ze sprak de woorden hortend en stotend uit. Toen keek ze op.

'*Gee...!*' riep Sue nu ook, die Karen nog niet had gezien zonder zonnebril en schrok van de aanblik van haar ogen.

'Ik huil niet van angst, hoor,' zei Karen, die de schrikreactie van Sue blijkbaar anders opvatte. 'Ik huil omdat het echt heel cool was.'

'*Hey sweety, how are you?*' Daar was Sunny. Tess draaide zich geïrriteerd om – waarom moest hij haar nou *sweety* noemen? Hij kende haar niet eens! Maar Sunny keek Karen stralend aan. '*Did you like it?*'

Karen veegde een traan van haar wang. '*Thávma,*' antwoordde ze. '*Efgaristó polié.*'

'*Ah, you speek Greek!*' riep Sunny verheugd. Hij zei iets tegen haar in het Grieks. Ze antwoordde in het Grieks terug.

Sue en Tess keken Eric verbaasd aan. 'Zijn jullie ouders ook Grieks?' vroeg Sue.

Eric schudde zijn hoofd. 'Nee, maar Karen is én een talenwonder én heeft een briljant geheugen. Als ze een keer iets hoort, onthoudt ze het meteen. Ze heeft op de middelbare school naast Engels, Duits en Frans ook Italiaans en Spaans geleerd. Nu studeert ze Nieuwgrieks.' Hij zuchtte. 'En dat onder andere met een braillevertaalmachine, op de computer,' voegde hij er met een blik aan toe alsof hij het zelf nauwelijks kon geloven.

'Jeetje…' mompelde Sue, die zich ineens heel klein voelde. 'Ik zal al blij zijn als ik volgend jaar met een havo-diploma thuiskom.' Sue was niet alleen letterlijk minstens tien centimeter kleiner dan Karen, ook haar hersenen leken in vergelijking met de hare wel een verschrompelde erwt. Doordat haar vader Engels was beheerste ze weliswaar heel goed Engels, en ook in Nederlands en Frans was ze wel goed, maar als het om andere vakken ging, leek haar geheugen vaak een zeef. Ze zou ook wel zo'n goed geheugen willen hebben, dat leek haar superhandig.

Eric had het beteuterde gezicht van Sue in de gaten en sloeg een arm om haar heen. 'Kop op, meid, we hoeven niet allemaal Einstein te heten.'

Intussen werd Tess' blik naar Karen en Sunny getrokken, die vrolijk met elkaar stonden te praten. Ineens voelde ze zich een beetje kribbig. Ze had geen idee waarom.

14

'Het is vanavond, die beachparty!' riep Sue uitgelaten, toen ze vroeg in de avond weer terug waren in het hotel en de flyer bekeek die ze onderweg op straat had gevonden, maar nu pas las.

'Hier staat het, het is toch de veertiende vandaag?' Ze drukte de flyer in Tess' handen. 'We gaan toch wel, hè?'

Tess pakte het Engelstalige papiertje aan. 'Het is het best om van tevoren een ticket te kopen,' vertaalde ze hardop. 'Vijftien euro en op is op.'

'Shit, dan zijn we vast te laat,' zei Sue. 'Nou, ik ga evengoed hoor, ik kijk wel hoe ik binnenkom.'

'Misschien kunnen we die Sunny wel strikken,' opperde Tess. 'Je weet nooit.'

'Ik vind hem een *creep*,' zei Sue.

Tess zag zijn flirterige gedrag tegenover Karen voor zich, maar ook zijn intens blauwe ogen, die haar in de war maakten en waar ze geen raad mee wist.

'Ik ook,' zei ze snel. 'Maar ik heb het toch maar mooi bij hem voor elkaar gekregen dat hij Karen liet springen,' vervolgde ze. Haar gedachten gingen terug naar die middag, toen ze na Karens sprong met z'n vieren waren gaan zwemmen en Sue en Eric al vrij snel uit het zicht waren verdwenen. Ze waren allebei goede zwemmers en gingen zogenaamd een wedstrijdje doen wie het eerst in Italië was.

Tess en Karen hadden samen nog wat rondgedobberd in de

baai bij Star Beach, waar de bodem zo rotsig was dat je eigenlijk waterschoentjes nodig had. Het was ze gelukt om zonder hun voeten open te halen het water uit te komen, en daarna had Karen Tess getrakteerd op een verse jus ('Want het kan wel even duren voordat mijn broer terug is uit Italië') bij een van de bars in Star Beach. Daar hadden ze over van alles en nog wat gepraat, maar toch vooral over meidenproblemen en jongens. Karen had een poosje een vriend gehad, maar die had het uitgemaakt omdat hij er toch niet goed tegen kon dat ze blind was.

'Wat een eikel!' had Tess geroepen. Maar Karen had gezegd dat ze het oké vond. Dat ze liever had dat hij eerlijk was en dat ze zelf ook niet zeker was geweest van haar liefde voor hem. Dat ze er geen spijt van had dat ze met hem naar bed was geweest, maar dat ze in hem niet haar grote liefde had gezien.

Tess had Karen schoorvoetend over haar ervaring met de Spaanse jongen verteld en dat ze daarna nooit meer op iemand verliefd was geweest. Ja, op de hond van de buren, maar dat was toch iets anders.

'Je moet ergens beginnen,' had Karen lachend gereageerd. 'Het is een kwestie van de juiste persoon tegenkomen.'

Dat Tess iemand in gedachten had die echt onmógelijk was om verliefd op te worden, had ze voor zich gehouden. Ze vond dat te gênant voor woorden.

Na anderhalf uur waren Sue en Eric pas terug geweest. Ze waren om de hoek van de baai op een strandje blijven hangen, zeiden ze. Maar ze hadden daar vast meer gedaan dan een beetje hangen, meende Tess aan de blik in Sues ogen te zien.

Nu Tess naast haar op bed zat en de flyer van de beachparty bekeek, was ze ineens een beetje jaloers op Sue. Zelf was Tess nog maar twee keer echt verliefd geweest: op die Spanjaard en op een klasgenoot. Met die klasgenoot had ze niet eens iets gehad, dat was een onbereikbare liefde gebleven. Natuurlijk had ze vanaf groep 8 'vriendjes' gehad, met wie ze wat had gezoend en geflikflooid, maar verliefd was ze op geen van allen geweest.

'We zullen wel zien,' zei ze, terugkomend op het strandfeest van die avond. 'We gaan er gewoon heen en dan kijken we of we wat kunnen regelen.' Ze stond op en deed haar bikini uit om zich te gaan verkleden. Naakt ging ze voor de spiegel staan die aan de kastdeur was bevestigd en bekeek zichzelf van alle kanten. 'Hmm,' zei ze. 'Ik ben wel oké, toch?' Vragend keek ze Sue aan.

Sue schoot in de lach. 'Moet je dat aan mij vragen?'

Tess hield haar handen onder haar borsten en duwde ze omhoog. 'Ze gaan nu al hangen, hoe moet dat als ik veertig ben?'

'Dan ben je allang getrouwd, heb je vier kinderen gebaard, lubbert en hangt er van alles en kijk je verlangend naar deze tijd terug.'

Tess deed een string aan en wurmde zich in een strak jurkje. 'Laat ik er dan maar van genieten zolang het nog kan,' zei ze. 'Kom op, we gaan wat eten en dan naar Star Beach.'

Om negen uur waren ze al bij de ingang van het strandfeest. Maar de kaartjes waren inderdaad uitverkocht.

'*Sorry, sold out,*' zei een vrouw met een *bitchy* Amerikaans accent.

Jammer van die stem, dacht Tess, want met haar hippe kortgeknipte zwarte haar, lichtbruine huid en grote, bijna zwarte ogen was de vrouw niet onknap. De roodgebloemde sarong om haar heupen stond haar goed, hoewel het bikinitopje erboven veel te klein leek, want haar opbollende borsten floepten er bijna uit. Om haar hals hing een *lay* van grote bloemen, die overduidelijk nep waren, maar wel mooi nep.

'Shit, daar baal ik echt van,' zei Sue geïrriteerd. Daarna keek ze de vrouw met haar liefste glimlach aan. *'Please?'* smeekte ze.

'Sorry girls, sold out,' zei de vrouw opnieuw. Intussen nam ze de kaartjes van twee bezoekers aan en gaf ze als ontvangstgeschenk allebei een *bead* – een kralenarmbandje – dat het stel meteen met een verguld gezicht omdeed.

Jaloers keken de twee meiden toe.

'Ik had me er zo op verheugd…' zei Sue, die het strandfeest waar Tess en zij vorig jaar in Spanje naartoe waren geweest vers in haar geheugen had en waar ze supergoeie herinneringen aan had. Er waren grote kampvuren aangelegd en de ongelofelijk knappe dj – die later gay bleek te zijn – had alle meiden doen zwijmelen.

'Denk je nou echt dat we niet binnenkomen?' zei Tess ineens resoluut. 'Moet jij eens opletten.' Ze liep van de ingang weg en vervolgens via een weggetje aan de zijkant richting het strand, waar het terrein was afgezet met bamboe stokken. Aan het geluid te horen was daarachter het feest al in volle gang.

'We *sneaken* gewoon naar binnen,' besloot Tess, terwijl ze een bamboestok beetpakte en opzij probeerde te duwen. Ze gluurde om een hoekje, maar liet toen geschrokken het bamboe weer los.

'Wat is er?' vroeg Sue.

Nog geen twee seconden later werd het bamboe door twee

stevige, zongebruinde handen weggetrokken en verscheen Sunny's gezicht in de opening. Zijn blik flitste van Tess naar Sue en weer terug.

'*Hi, how are you? Where is your friend Karen?*'

'*At a dinner party,*' antwoordde Tess kortaf, die er nu al spijt van had dat ze stiekem naar binnen had willen glippen. Karen had hij er natuurlijk zo doorgelaten. Maar die had een familiefeestje. Eric en zij hadden daarvan gebaald; ze hadden dolgraag mee gewild, maar ze kwamen niet onder dat feestje uit.

'*So, you are coming to the beachparty?*'

'*No, unfortunately,*' zei Tess. Om daarna met een stalen blik te vervolgen dat ze die middag kaartjes wilden kopen, maar dat ze eerst geld moesten pinnen en dat toen de geldautomaat stuk bleek te zijn.

Verbaasd keek Sue haar vriendin aan. Wat kon Tess liegen! Ten eerste was er geen bal van waar en ten tweede stond er in Malia en Chersonissos op elke hoek van de straat wel een pinautomaat!

Sunny liet zich duidelijk niet om de tuin leiden. '*You're a bad liar,*' zei hij grijnzend. '*And you're lucky that I have a big heart,*' zei hij er direct achteraan. Hij hield de bamboe stokken verder voor ze open. '*Come in, Tess.*'

Tess bloosde. Ze had gedacht dat hij haar naam allang vergeten zou zijn. Hoeveel meiden kwam hij dagelijks niet tegen? En daar zaten vast aantrekkelijker exemplaren tussen dan zij...

Toen ze tussen het bamboe onder zijn arm door schoof, ging haar hart in de versnelling. Hij rook naar een van haar favoriete mannengeuren. Dit, vermengd met zijn eigen lichaamsgeur, maakte hem nog onweerstaanbaarder dan ze hem – irritant genoeg – al vond. Net als de Amerikaanse droeg ook hij een sarong, een blauwe, en om zijn pols had hij net zo'n bead als de bezoekers bij de ingang kregen. Het gouden dolfijnhangertje glinsterde vlak onder het kuiltje van zijn hals, dat overging in een zongebruinde, gespierde torso. Snel liep Tess een paar passen van hem weg, zogenaamd om Sue door te laten. Nooit zou ze toegeven dat ze van hem in de war raakte, niet aan zichzelf, niet aan Sue en al helemaal niet aan hem. Hij moest minstens veertig zijn, of anders wel in die buurt. Dat was twee keer te oud. Maar voordat ze er iets tegen in kon brengen, kwam hij op haar af en sloeg zijn arm om haar heen. Zijn andere arm had hij al om Sue heen geslagen. *'Girls, what would you like to drink?'*

Voor zijn borst langs keek Sue Tess benauwd aan. 'We hoeven hier toch niets voor terug te doen, hè?'

'Ach, we voeren hem gewoon dronken, dan denkt-ie straks nergens meer aan,' zei Tess veel luchtiger dan ze zich vanbinnen voelde. Toen hief ze haar gezicht naar hem op. *'Vodka-orange please,'* zei ze met haar liefste glimlach. Ze waren binnen, en nog gratis ook. Dat was mooi meegenomen.

15

Nadat Sunny hen op een drankje had getrakteerd, verexcuseerde hij zich omdat hij dingen te doen had. Toen hij wegliep, zuchtte Tess diep.

Tersluiks keek Sue haar aan. 'Hé,' zei ze streng, 'je gaat toch niet verliefd worden op die gast, hè?'

'Tuurlijk niet,' zei Tess snel. 'Ik val écht niet op iemand die mijn vader zou kunnen zijn, hoor. Ik ben niet achterlijk.'

'Hmm,' zei Sue, die Tess langer kende dan vandaag. Die dromerige blik had ze alleen nog maar op haar vriendins gezicht gezien toen ze vorig jaar verliefd was op die Spanjaard. Ze besloot er verder niet op in te gaan. Het was vakantie, ze had helemaal geen zin in moeilijk gedoe. Ze stak haar arm door die van Tess. 'Goed zo, want er loopt vast nog veel meer lekkers hier rond.'

Ze liepen het feestterrein op en vergaapten zich aan het strand, dat voor dit feest helemaal was omgebouwd. Er waren paadjes van stenen aangelegd, er was een platform waar een jongen met vuurfakkels aan het jongleren was, er hing een enorm *beamerscreen* met in megaletters THE BEACH erop, er waren bars waar van alles en nog wat werd geschonken, en overal liepen feestende mensen rond, met kleding van een simpel T-shirt en dito broek tot en met gewaagde uitgaansoutfits.

Tess en Sue hielden allebei van *casual,* maar voor dit feest hadden ze met plezier iets speciaals aangetrokken. Sue droeg een chocoladekleurig jurkje met gekruiste bandjes op de rug en Tess had uiteindelijk haar strakke jurkje toch ingeruild voor een wit linnen rokje met een split aan de zijkant en een topje van dezelfde stof, maar dan in karamel. In die outfit kon ze makkelijker dansen dan in een strakke jurk en nu was tenminste ook haar navelpiercing te zien, die ze nog niet zo lang geleden had laten zetten.

Sue had er ook een gehad, terwijl haar vader het eigenlijk niet goed had gevonden. Toen ze het uiteindelijk toch stiekem had gedaan, was de boel gaan ontsteken (precies waar John bang voor was geweest) en had ze hem er weer uit moeten laten halen. Nu vond ze dat niet erg meer, maar destijds had ze uit nijd een tweede gaatje in haar oren laten prikken en had ze ook een neuspiercing laten zetten, waarvan John later had toegegeven dat hij die haar best leuk vond staan. Soms verbaasde haar vader haar. De ene keer was hij heel streng en vond hij niks goed, de andere keer was hij heel toegeeflijk. Waarschijnlijk kwam dat door haar moeder, die veel makkelijker was en die nogal eens op haar vader inpraatte. Hoewel, een tongpiercing, zoals Tess had, zouden allebei haar ouders nooit goed hebben gevonden, want daar schenen nogal eens dingen mee mis te gaan.

Tess had nooit last gehad van haar piercing, integendeel. De jongen die de piercing had gezet, zei dat hij nog nooit een tong zo snel had zien genezen.

'Is dat niet wat voor jou, qua lekkers?' haakte Tess op Sues opmerking in. Ze wees naar een jongen die aan de branding met een sigaret in zijn hand over de zee stond te staren. Hij droeg een halflange witte broek en teenslippers. Zijn ontblote bovenlichaam was gebruind en gespierd en om zijn nek hing een kettinkje van touw en kralen.

Sue dacht aan Eric en hoe graag ze had gewild dat hij nu hier zou zijn. Maar een moment later baalde ze weer van zichzelf. Ze was toch op vakantie? Ze keek weer naar de jongen aan de branding. Als ze Eric niet was tegengekomen, was ze beslist als een blok voor deze jongen gevallen. 'What the heck,' zei ze, en ze liep op hem af.

Een uur later stonden Sue en Tess joelend bij de branding. In de zee was een enorme schietschijf opgesteld, een soort dartbord, maar dan niet voor darts, maar voor sinaasappels. Met een grote katapult moest je een sinaasappel wegschieten en de roos proberen te raken. Dat was moeilijker dan op het eerste gezicht leek. Er waren maar weinig mensen wie het lukte. Als je raakte, kreeg je een kralenarmbandje – een bead – cadeau. Bij elke *contest* die hier werd gehouden, kreeg je zo'n ding. Sue wilde er straks ook een winnen door mee te doen aan het ballonnenspel. Maar dat was alleen omdat ze al een flink aantal cocktails achter haar kiezen had, anders had ze het nooit gedurfd.

'*Shall we?*' vroeg de jongen met het ontblote bovenlijf. Toen Sue op hem af was gelopen, had hij eerst zijn sigaret opgerookt en was daarna met haar gaan dansen. Hij bleek Engels te zijn en Sue vond dat eigenlijk niks, maar hij kon zo goed dansen dat ze in *no time* alle remmen losgooide. Ze wist niet eens hoe hij heette en dat wilde ze graag zo houden. Dit was voor één avond, meer niet.

'*Okay,*' zei ze, en ze liep met hem mee naar de *balloon-contest*. Met een ballon tussen je in moest je allerlei standjes uitvoeren. Het koppel dat als eerste hun ballon wist 'stuk te seksen', had gewonnen.

'Wat ongelofelijk ordinair!' had Tess geroepen toen ze over

deze wedstrijd hoorde, maar ze had inmiddels zoveel drankjes op dat ze alles prachtig vond.

'*Go, girl!*' riep ze, terwijl Sue op de opzwepende muziek de ballon tussen haar en de jongen probeerde stuk te duwen.

'*Doggy style!*' riep iemand.

'*Fuck you!*' riep Sue.

'*Happy to!*' werd er teruggeschreeuwd.

Een stukje verderop hadden op de dansvloer een paar meisjes hun bikinitopje uitgedaan en stonden topless te dansen. Er waren veel Nederlandse en Engelse jongeren, maar ook Duitse en wat Italiaanse en Franse. Er werd openlijk gezoend en uitdagend gedanst. Het was intussen donker. Fakkels en kampvuren waren aangestoken en de drank en de heftige beats in de muziek zweepten de mensen steeds meer op. Intussen stond Tess te joelen voor Sue, die met nog drie andere koppels probeerde een ballon stuk te krijgen.

Mijn vader moest me hier eens zien, dacht Sue vaag, terwijl ze zich in bochten wrong en zo tipsy was dat ze onder het toeziend oog van het publiek de meest uitdagende houdingen aannam. Even werd ze onzeker: moest ze hiermee doorgaan? Al snel zette ze zich over haar twijfel heen. Ze was hier niet met haar vader, hij kon haar nu toch niet zien. Overmoedig sprong ze op en sloeg haar benen om de jongen heen. De ballon werd tussen hun buiken platgedrukt. De jongen boog door zijn knieën en ging met Sue om zijn middel geklemd op zijn hurken zitten. Toen legde hij haar op haar rug, ging boven op haar liggen en rolde de ballon op en neer over haar buik. Hij boog zijn gezicht naar haar toe en kuste haar. Toen knalde hun ballon stuk.

'Sweetheart, having fun?' Ineens stond Sunny naast haar op de dansvloer. Hij keek Tess, die op dat moment niet met een specifiek iemand stond te dansen, onderzoekend aan. Een kort moment sloot Tess haar ogen. Ze wilde hem niet leuk vinden, hij was een *creep* en te oud en een *player*, daar moest ze niks van hebben. Maar de opwinding die ze voelde, loog er niet om. Het is de drank, hield Tess zichzelf voor. Kijk naar Sue, dacht ze, hoe zij losging met die Engelse jongen. Het is de drank, bij iedereen hier.

'*Having a good time?*' vroeg Sunny haar opnieuw. Hij trok een frons in zijn voorhoofd.

'*Yeah, great,*' antwoordde ze. Dit was natuurlijk niet te vergelijken met N-Joy, maar deze beachparty overtrof niettemin hun stoutste verwachtingen en was compleet anders dan de strandfeesten die ze in Spanje hadden meegemaakt.

Tess hief haar gezicht naar Sunny en werd gevangen door zijn blik, die haar zowel beangstigde als in verwarring bracht.

Gatver, ik wil dit niet, dacht ze geïrriteerd, ik wou dat hij wegging. Maar hij ging niet weg. Hij keek haar strak aan. Het was alsof hij haar iets wilde zeggen, maar hij leek te twijfelen. Toen boog hij voorover, legde zijn wang tegen de hare en fluisterde: '*Can I offer you a free bungeejump tomorrow?*'

Tess' hart sloeg over. Ze trok haar hoofd naar achteren. Haar ogen glansden. Bungeejumpen, morgen? Natuurlijk wilde ze dat!

Sunny glimlachte, pakte haar beide handen vast en drukte er even zijn lippen op. Toen liet hij haar los.

'*Be there around two,*' zei hij, terwijl hij een stap naar achteren zette. '*Bye.*'

Voordat ze nog iets kon zeggen, draaide hij zich om en verdween tussen de dansende mensen.

Even bleef Tess verbouwereerd staan. Haar hart bonsde. Toen draaide ze zich langzaam om, zocht de eerste de beste jongen op die alleen danste en trok hem aan zijn shirt naar zich toe.

16

Wat een vette avond... was de eerste gedachte die bij Tess boven kwam drijven toen ze de volgende dag wakker werd. Zonlicht stroomde dwars door de dunne gordijnen heen de kamer binnen, maar eigenlijk wilde ze niet weten hoe laat het was. Na het feest, dat tot één uur 's nachts had geduurd, waren ze nog met een taxi (waarvan de chauffeur zelf dronken was geweest) naar H_2O gegaan, een club waar ze die avond alleen een soort house draaiden. Tess en Sue hielden daar allebei niet zo van, maar mensen die ze op het feest hadden ontmoet, gingen erheen en ze hadden besloten mee te gaan.

Tot vijf uur 's morgens waren ze daar gebleven en toen hadden ze een taxi naar het hotel genomen. Ze begrepen inmiddels dat op de beachparty altijd werd ingedronken en dat het echte uitgaan pas daarna begon, in de clubs. Voor Tess en Sue was het strandfeest eigenlijk al genoeg geweest, maar ze hadden niet kinderachtig willen doen en hadden meegefeest tot ze er half bij neervielen. Pas toen ze in bed lagen, voelden ze hoe dronken ze waren. Ze waren allebei al na een paar minuten in slaap gevallen.

'O, nee...' kreunde Sue van onder haar laken. 'Mijn hoofd...'

'Dan moet je maar niet zuipen als je er niet tegen kunt,' plaagde Tess, die ook niet vrij was van hoofdpijn, maar nu eenmaal beter tegen alcohol kon.

Tess keek toch maar even op haar horloge. Halfeen alweer.

Het was stikheet in de kamer. Vandaag zou er een hittegolf beginnen, en het wás al zo warm.

Ineens schoot Tess overeind. 'Bungeejumpen!' riep ze. Ze sprong uit bed.

Sue deed haar ogen op een kiertje open. 'Hmm?'

'Ik mocht een gratis sprong maken vandaag, weet je nog?'

Sue kwam half overeind en streek een haarlok uit haar gezicht. 'Wat?'

'Laat maar,' zei Tess. 'Ik vertel het je in de bus nog wel een keer.'

'De bus?' Het was overduidelijk dat Sue op dit moment nauwelijks wist waar ze was, laat staan waar ze naartoe ging.

Tess trok haar aan haar arm haar bed uit.

Sue kreunde. 'Moet het?'

'Ja, het moet.'

Anderhalf uur later stond Tess in de gele bak aan de hijskraan. Weer vijftig euro uitgespaard, dacht ze, dat gaat lekker. Maar nog geen moment later voelde ze haar keel dichtknijpen. Ging ze straks echt springen? Help...

'Zenuwachtig?' vroeg Rick, die niet de moeite had hoeven doen om zich aan Tess voor te stellen, omdat Karen na haar sprong al in geuren en kleuren over hem had verteld.

Hij stelde het elastiek af op haar gewicht.

'Luister maar naar de muziek,' zei hij, terwijl hij haar attendeerde op het swingende hiphopnummer dat vanuit de luidsprekers in de hijskraan naar buiten schalde. 'Soms helpt dat.'

Waartegen het moest helpen was Tess niet helemaal duidelijk, het gebonk in haar borstkas werd er in ieder geval niet minder van. Integendeel, het leek wel of haar hart nog harder tekeerging dan daarnet.

Rick knikte haar bemoedigend toe. '*Don't worry*, je zult het fantastisch vinden.' Hij wees naar buiten. 'Even zwaaien, die camera daar filmt je sprong.'

Tess probeerde een vrolijke zwaai te geven, maar slaagde daar niet helemaal in. Een beetje benauwd keek ze Rick aan.

'Ik had niet gedacht dat ik het zo eng zou vinden...' bekende ze. 'Eerlijk gezegd kon ik niet wáchten. Maar nu...'

'Dat is heel normaal, iedereen heeft dat,' stelde Rick haar gerust, terwijl hij het elastiek om haar enkels bevestigde. 'Er zijn genoeg mensen die uiteindelijk níét durven te springen, maar er kan niks fout gaan, echt niet. Je bent goed gezekerd.'

De gele bak hing inmiddels op grote hoogte. Even keek Tess naar beneden, maar ze draaide meteen haar hoofd weer weg. Getver, wat waren ze al hoog! Tess had niet gauw last van hoogtevrees, maar nu werden haar benen zo slap als het elastiek waaraan ze was bevestigd.

'Hoogtevrees?' vroeg Rick grinnikend.

'Ben je gek, natuurlijk niet,' zei Tess.

Rick lachte. 'Het is een van de coolste dingen die je ooit kunt doen,' verzekerde hij haar. 'Naast parachutespringen, surfen en van een klif springen, natuurlijk,' vervolgde hij.

Tuurlijk, weer zo'n stoere *surfdude*, dacht Tess. Die jongens zijn nooit ergens bang voor. En áls ze het zijn, geven ze het in geen miljoen jaar toe.

'Morgen sta je hier weer, wedden?' zei Rick. 'Als je het één keer hebt gedaan...'

De bak hield stil. Tess haalde diep adem. Ze voelde een vreemd soort spanning die het midden hield tussen angst en verlangen. Al jaren riep ze dat ze dolgraag wilde bungeejumpen. En al jaren riep René dat het heel gevaarlijk was, dat je er een whiplash aan over kon houden, of dat het elastiek te slap kon zijn, waardoor je te pletter kon vallen. Tess geloofde er allemaal niks van. Geboren worden was volgens haar het gevaarlijkste wat je kon overkomen, want vanaf dat moment was je onherroepelijk op weg naar je graf. Of je nou als je drie was ongelukkig van je driewieler viel, of op je negentigste neerstortte aan een hartaanval. En bovendien, als het allemaal waar zou zijn wat haar vader beweerde, dan was het toch allang verboden geweest? Toch hoopte ze nu vurig dat hij ongelijk had...

Vanmorgen had ze nog een sms'je van hem ontvangen:

Alles kits achter de rits?
Veel plezier en geen stoute dingen doen!
Xxx René

Ze had teruggeschreven:

Tuurlijk niet, ik doe nooit stout, ik zou niet durven. We zijn de braafste meisjes van de wereld en liggen elke avond om tien uur in bed. Mét een knuffel. Je kunt dus rustig slapen.

Ze wist dat René erom had moeten lachen. Maar als hij wist dat ze nu hier stond, aan een hijskraan, op vijftig meter hoogte, met een bungeejump-elastiek aan haar enkels, zou het lachen hem wel vergaan. Hij zou woest zijn, dat wist ze zeker.

'Ik tel straks tot drie en dan spring je,' zei Rick. 'Ben je er klaar voor?' Tess keek hem aan. Ze haalde opnieuw diep adem en zette haar twijfels resoluut opzij. Ja, ze was er klaar voor.

17

Een vreemde sensatie maakte zich van haar meester. Gewichtloos suisde ze ondersteboven aan het elastiek door de lucht. Nadat ze zich op Ricks eerste tel al naar voren had laten vallen en haar voeten loskwamen van de bak, had ze een schreeuw gegeven. Nu begon ze opnieuw te gillen, alleen deze keer niet uit angst, maar van geluk. Wat was dit cool! Rick had gelijk: bij deze sprong zou het niet blijven, dat wist ze nu al!

Ineens was ze zich bewust van de heupdoek die rond haar nek wapperde. M'n string, schoot door haar gedachten. Ik hang hier in mijn blote kont! Ze moest om zichzelf lachen. Hang ik hier te stuiteren, maak ik me zorgen om m'n string. Het elastiek stond intussen strak, even raakte haar loshangende haar het water, toen schoot ze met enorme vaart weer meters omhoog. En weer terug. Weer gaf Tess een enorme schreeuw, wat een sensatie!

Ze zwiepte nog een paar keer op en neer, steeds langzamer, totdat ze rustig bungelde.

Het was alweer voorbij, wat ging dat snel!

Ze greep de stok vast waarmee ze aan de kant werd getrokken. Met haar andere hand sloeg ze snel haar heupdoek terug over haar heupen.

Even later stond ze weer met beide benen op de grond. Verlangend keek ze naar de hijskraan, waaraan de volgende enthousiasteling alweer naar boven werd gebracht.

'*And, was it fun?*' vroeg Sunny, die het elastiek losmaakte van haar enkels.

'*Yes!*' riep Tess meteen. '*It was great!*'

'*Can you stick out your hands, please?*' vroeg Sunny.

Met een vragende blik stak Tess haar handen naar voren. Sunny bekeek ze even en pakte ze na een lichte aarzeling vast.

'*Remarkable…*' zei hij verbaasd. Hij keek haar aan. '*Next time you jump backwards.*'

Niet-begrijpend keek Tess hem aan. Achterstevoren?

Sunny legde uit dat bijna iedereen na zijn sprong trillende handen heeft. Maar Tess niet, haar handen waren volkomen rustig. Dit was waarschijnlijk niet spannend genoeg voor haar geweest.

'Tess!' gilde Sue, die zich tussen het aanwezige publiek door wurmde. Ze sloeg haar armen om haar vriendin heen. 'Het was éng, ik durfde bijna niet te kijken! Hoe was het?'

'Zó cool!' antwoordde Tess. 'Ik wil weer!'

'Je bent gek,' zei Sue.

Tess keek haar vriendin lachend aan. 'Jij gaat dus ook, begrijp ik?'

'Echt niet. Ik ga al dood als ik ernaar kíjk… Alhoewel, die bungeejumpjongen in de hijskraan lijkt me wel de moeite waard…'

'Zie je, je weet níét wat je mist,' zei Tess lachend. 'Volgende keer moet ik trouwens achterstevoren springen,' vervolgde ze op nuchtere toon.

'Achterstevoren?'

Tess schoot in de lach en stak haar arm door die van Sue. 'Eerst mijn dvd bekijken. Dan leg ik het je uit.'

Op een laptop van de bungeejump bekeken ze Tess' sprong.

'*Nice jump, lady,*' zei Sunny, die met hen meekeek.

Maar Sue drukte haar hand plat tegen haar borst. 'Echt, in geen honderd jaar...'

Tess keek haar aan. 'Het zou een geweldige manier zijn om van je hoogtevrees af te komen.'

Sue gruwde. 'Mooi niet.'

'O, het is zó cool!' straalde Tess. 'Ik ga nog een keer, echt waar!'

Ze haalde de dvd uit de laptop en deed hem in het hoesje. Zo'n dvd kostte normaal gesproken een tientje, maar ook dat hoefde ze niet te betalen. Ze keek Sunny aan en riep dat ze hem rijk zou maken, want dat ze nog wel honderd keer wilde springen. Sunny schoot in de lach en zei dat hij al rijk wás, dat hij haar daar niet voor nodig had.

Sue stootte Tess aan. 'Een rijke man, iets voor jou?'

Tess werd rood. Sue wilde iets zeggen, maar iets in Tess' blik deed haar besluiten dat niet te doen. Volgens mij is ze hartstikke verliefd op die gast, dacht Sue, maar heeft ze het zelf nog niet eens in de gaten...

'En nu gaan we zwemmen,' zei Tess snel.

'*You're leaving?*' vroeg Sunny, met een lichte teleurstelling in zijn stem.

Tess keek hem aan. '*We'll be back, don't worry.*'

Ze ging op haar tenen staan, gaf hem een kus op zijn wang en bedankte hem voor de sprong. Toen maakte ze zich uit de voeten.

18

'Je hebt het gedaan...' zei Karen bewonderend, nadat Tess over haar sprong had verteld. 'Wat goed van je. Jammer dat ik het niet heb kunnen zien.'

'Ze heeft een dvd van haar sprong, hoor,' zei Sue. Meteen sloeg ze een hand voor haar mond. 'O sorry, shit, vergeet ik het wéér.'

Eric schoot in de lach. 'Mijn kleine Einstein. Wat heb je toch een goed geheugen.'

Sue keek hem vernietigend aan. Ze kon er niet goed tegen om geconfronteerd te worden met haar zwakke kanten.

'Stel je niet aan, Sue,' zei Tess, terwijl ze haar haren in een losse staart deed. 'Hij mag je toch wel een beetje pesten?'

'Jij wilt toch ook niet gepest worden met je hangborsten?' Het was eruit voordat Sue er erg in had. 'Grapje,' zei ze snel.

Maar Tess reageerde luchtig. 'Hangborsten? Wie heeft er hier hangborsten?'

'Geen idee,' zei Eric, terwijl hij zijn blik brutaal langs de lichamen van het vrouwelijke gezelschap liet gaan.

Karen lachte en legde haar handen om haar eigen borsten, die onder haar strakke T-shirt zo te zien niet al te groot, maar wel stevig en perfect van vorm waren. 'Ik in ieder geval niet.'

'Ik ook niet,' ging Tess erop door. 'Ik vroeg me gisteren alleen af hoe ze eruit zouden zien als ik veertig ben.'

'Na hoeveel kinderen?' wilde Nikos weten.

'Vier,' zei Sue, voordat Tess de kans kreeg om te antwoorden.

'Tja, dan zal het lastig worden,' zei Nikos. 'Ik hoop dan maar dat je man veel van je houdt.'

Tess gooide een kussen naar zijn hoofd. 'Lul,' zei ze.

'Menéér lul voor jou,' zei Nikos, die het kussen behendig opving.

Tess en Sue keken elkaar aan.

'Zit jouw vader ook wel eens in de bus?' vroeg Tess, die de opmerking van de zogenaamd lollige Nederlandse toerist nog vers in haar geheugen had.

'Hoezo?' vroeg Nikos.

'Laatst zei iemand precies hetzelfde tegen me in de bus,' legde Tess uit. 'En jij was het niet.'

'Ik geloof niet dat mijn vader ooit met de bus gaat, maar ik heb het grapje wel van hém,' zei Nikos.

Tess kreunde. 'Ik geloof dat ik een andere lover ga zoeken.'

'Wie heb je nu dan?' vroeg Nikos, die haar kort daarvoor nog had begroet met een hartstochtelijke kus.

Opnieuw kreeg hij een kussen naar zich toe gesmeten.

'Kijk uit, ik moet nog langer mee dan vandaag,' riep hij lachend.

'Als het aan mij ligt niet,' zei Tess. 'Van mij mag je vandaag dood neervallen.'

Ze zaten met z'n allen op de hotelkamer van Tess en Sue. Ze zouden uit eten gaan, maar Nikos, Karen en Eric hadden de meiden wakker moeten maken uit het middagslaapje waar ze na terugkeer van Star Beach in verzeild waren geraakt. Nikos had wel tien keer moeten aankloppen voordat Sue eindelijk als eerste wakker was geworden. Dat was een halfuur geleden geweest. Intussen waren de meiden aangekleed, opgemaakt en klaar om te vertrekken.

'Mag ik voordat ik doodval nog een laatste maaltijd nuttigen?' smeekte Nikos, terwijl hij met gevouwen handen op zijn knieën viel.

Tess keek hem vanuit de hoogte aan. 'Nou vooruit, omdat je het zo lief vraagt.' Ze boog voorover en gaf hem een kus op zijn voorhoofd. 'En nu opstaan, ik heb honger.'

Lacherig liepen ze trap af, de hotellobby in.

Eva zat vandaag bij de receptie, een Grieks meisje dat nauwelijks Engels sprak, laat staan een andere buitenlandse taal. Een paar opgeschoten Nederlandse jongens probeerden haar duidelijk te maken dat er uit hun douche alleen koud water kwam.

'*Shower, cold, brrr!*' zei een van hen, een lange slungelige jongen met rood haar en een witte pet achterstevoren op zijn hoofd.

'*Yes...*' zei Eva. '*There is problem.*'

'*No, yóu have problem!*' riep de jongen, terwijl hij met een agressief gebaar zijn wijsvinger naar haar toe stak.

Eva werd rood. '*We try fix,*' probeerde ze zich eruit te redden.

'*Today?*' vroeg de jongen dwingend.

Eva aarzelde.

'Wen er maar aan, *guys,*' zei Nikos, die het niet kon laten om zich er ondanks zijn vrije dag mee te bemoeien. De Nederlanders draaiden zich naar hem om.

'Hoezo?' vroeg de jongen met de pet.

'De zonnecollectoren blijken niet allemaal goed te werken,' legde Nikos uit. 'Ze moeten gerepareerd worden. Maar dit is Griekenland, dus vandaag kan ook morgen worden. Of overmorgen...'

'Dan wordt het zeker volgende week, als we alweer weg zijn,' mopperde de jongen.

'Dat zou zomaar kunnen,' reageerde Nikos nuchter, terwijl hij richting de uitgang liep.

'Ach man, krijg de kanker!' vloekte de jongen ineens.

Tess' maag draaide om. Haar moeder was aan kanker overleden. Ze haatte het als mensen dit vloekwoord gebruikten.

Ze stapte op de jongen af en zei met fonkelende ogen: 'Mijn moeder is daaraan doodgegaan, dus ik zou maar even dimmen als ik jou was.'

Nikos keek geschrokken haar kant op, maar de jongen kneep zijn ogen tot spleetjes en zei minachtend: 'Ach wat, je moet toch ergens aan dood.'

Voordat iemand iets kon zeggen, deed Eric zijn mond open. 'En waar wil jij aan dood? Aan een klap voor je bek?'

'Eric!' zei Karen waarschuwend.

'Eric!' siste Sue tegelijkertijd, die hem al met een gebroken neus en gekneusde ribben in het ziekenhuis zag liggen. De roodharige jongen was niet alleen een kop groter dan Eric, maar de vriend die hij bij zich had was ook nog eens in het bezit van een stevig gespierde torso met heuse sportschool-spierballen. Zo te zien kon je met hem beter geen ruzie krijgen.

Maar tot ieders verbazing pakte hij zijn roodharige vriend – die op het punt leek te staan Eric een ram te verkopen – bij de arm.

'Hé, effe dimmen nou,' zei hij. 'Genoeg.' Hij gaf een kort, enigszins verlegen hoofdknikje naar Tess en trok toen zijn vriend mee naar de lift. Wonderlijk genoeg verzette de jongen zich niet.

De liftdeuren sloten zich en de jongens waren uit het zicht verdwenen.

Even was het stil. Toen slaakte Karen een diepe zucht.

'Pfff, ik schrok me kapot. Ik was echt bang dat het een knok-partij zou worden.' Ze draaide haar hoofd naar Eric toe. 'Wat was jij ineens heftig.'

'Ja, maar je kunt zo'n gast toch niet zomaar z'n gang laten gaan?' Eric keek Tess aan. 'Sorry, van je moeder. Hoe lang is dat geleden?'

Stuurs haalde Tess haar schouders op. 'Een tijd terug. Ik ben er wel overheen hoor, maar ze moeten niet dit soort din-gen zeggen, daar kan ik niet tegen.' De gesloten blik op haar gezicht maakte duidelijk dat ze het er verder niet over wilde hebben.

Nikos legde een arm om haar schouder en gaf haar zwij-gend een zachte kus op haar wang. Toen liep hij naar de re-ceptie en wisselde een paar woorden met Eva, die wit weg-getrokken achter de balie zat.

Even later liepen ze het hotel uit. Sue zag Nikos een kort moment naar Karen kijken, die zich aan Erics arm door het authentieke Griekse straatje liet leiden. Toen pakte Nikos Tess' hand vast. 'Ga je eindelijk een keer Grieks eten. Het werd tijd.'

19

'En, ben je verliefd op mijn broer?' vroeg Karen aan Sue, toen ze een paar uur later in Amnesia zaten. Het was pas halfelf en het uitgaansleven was nog niet in volle gang. Dat kwam hun goed uit, want ze hadden in de Griekse taverna waar Nikos hen mee naartoe had genomen, zo lekker en veel gegeten dat de dansvloer nog wel even mocht wachten.

Sue raakte in de war van Karens vraag. Ze vond Eric leuk. Hij kon goed dansen en hij zoende lekker, en eerst dacht ze dat ze misschien wel verliefd op hem aan het worden was. Maar nu? De Engelse jongen met wie ze op het strandfeest uit haar dak was gegaan en over wie ze natuurlijk niet aan Eric had verteld, had ze ook heel leuk gevonden. Wat nou als ze die jongen het eerst had ontmoet? Ze aarzelde. 'Ik vind je broer heel leuk, maar verliefd... Ik weet het eigenlijk niet...'

Karen zuchtte. 'O. Jammer.'

'Waarom?'

'Hij is wel verliefd op jou.'

Niet dat Karen iets nieuws vertelde, want Sue had dat natuurlijk wel vermoed, maar toch schrok ze.

'Echt? Dat heeft hij me niet gezegd...'

'Moet dat dan? Dat kun je toch zo zien?'

'Maar...' protesteerde Sue.

'Ik kan het zelfs zien,' zei Karen een beetje kribbig. 'Kun je nagaan...'

Daar was Eric met de drankjes. 'En meiden, vermaken jullie je een beetje?' Hij gaf Sue een kus. 'Ik wel.'

'Ik wil dansen,' zei Karen ineens. 'Is er niet een leuk iemand in de buurt?'

'Staat voor je neus,' zei Nikos, die net terugkwam van een gesprekje met een vriend aan de andere kant van de bar.

'Waar is Tess dan?' vroeg Karen. Met onzekere blik draaide ze zich om.

'Die ging net naar de wc,' antwoordde Nikos. 'Maar ze heeft er vast geen problemen mee als jij me even van haar steelt...' Zijn stem klonk luchtig, maar zijn gezicht stond nerveus.

'Oké,' zei Karen.

Nikos pakte haar bij de hand en nam haar mee naar de dansvloer.

'En wij?' vroeg Eric. In een verleidelijke houding vlijde hij zich tegen Sue aan. 'Gaan wij dansen of iets anders doen?'

'Iets anders doen,' zei Sue snel, terwijl ze zijn bier en haar witte wijn oppakte. 'Namelijk dit opdrinken.'

Tess inspecteerde zichzelf in de spiegel van de wc. Met een zucht deed ze haar haarelastiek uit, schudde haar krullen los, hield haar hoofd een beetje scheef en bekeek zichzelf opnieuw. Ze was mooi, dat werd haar vaak genoeg verteld en soms vond ze dat zelf ook, maar nu vond ze dat ze er te jong uitzag. Ze wou dat ze al net zo volwassen leek als Karen. Niet dat ze jaloers op haar was, ze moest er niet aan denken om blind te zijn. Nee, Tess had bewondering voor de manier waarop Karen daarmee omging. Ze wist niet of ze dat zelf zo zou kunnen.

Ze trok haar witte topje recht en liep weer naar binnen.

Daar zag ze Nikos en Karen op de dansvloer, soepel bewegend op een hiphopnummer. Zij met haar handen op zijn schouders, hij met zijn armen om haar middel. Tess schrok er bijna van dat ze geen spoor van jaloezie voelde. Toen dacht ze aan die middag, aan haar sprong en aan de sensatie die ze daarbij had gevoeld. Maar ook aan iemand die ze niet uit haar gedachten kreeg, terwijl ze hem toch echt beter kon vergeten...

20

'Nu jij,' zei Nikos, terwijl hij zich op een elleboog oprichtte.

Ze hadden net een duik genomen in het heldere, blauwe water en hadden zichzelf daarna op hun badlakens te drogen gelegd. Toen ze weer goed en wel lagen, had Tess Nikos de oren van het hoofd gevraagd: van welke muziek hij hield, of hij broers en zussen had, of hij met zijn ouders kon opschieten, wat hij zo leuk vond aan zijn studie, wat zijn lievelingskleur was, waar hij zich onzeker over voelde, of hij later kinderen wilde... Waarom ze hem die laatste vraag stelde, was haar een raadsel. Wat interesseerde het haar nou of hij kinderen wilde? Maar hij had overal snel en open antwoord op gegeven en ook gezegd dat hij misschien alleen kinderen wilde adopteren, want er waren er toch al te veel op de wereld.

Nu ze iets over zichzelf moest vertellen, wist ze niet goed wat ze moest zeggen. Tess hield er niet zo van om over zichzelf te praten. Ze kon met een behoorlijk scherpe blik naar andere mensen kijken, maar als anderen hetzelfde bij haar deden, vond ze dat minder geslaagd. Nikos had een scherpe blik, dat had ze allang in de gaten. En als het even kon, wilde ze die blik liever ontwijken.

'Nou?' drong Nikos aan. 'Broers, zussen? Hobby's? En wat wil je worden als je later groot bent?'

'Alleen een oudere zus,' beantwoordde Tess zijn eerste vraag. 'Ze is al uit huis en woont samen met haar vriendin.' Ze aarzelde even. 'Merel is lesbisch,' legde ze uit.

'O, leuk,' zei Nikos. 'Dan heb je er een extra zusje bij. En verder?'

Even was Tess van haar stuk gebracht. Zo'n open reactie kreeg ze niet vaak, meestal moest ze er van alles bij uitleggen. 'Nou,' vervolgde ze een beetje aarzelend. 'Ik zie haar niet zoveel, want ze woont niet meer in Amsterdam, en...' Toen draaide ze zich naar hem toe en besloot de rest luchtig te houden. 'En mijn hobby's zijn borduren, bloemschikken en boswandelingen maken, en als ik later groot ben wil ik het liefst miljonair worden. Met mijn decaan ben ik al aan het bespreken hoe ik dat het best kan aanpakken.'

Nikos schoot in de lach. 'Nou, misschien wel met borduren. Wil je niet een keer een leuk kussen voor me in elkaar knutselen? Daar zit ik al mijn hele leven op te wachten.'

'Natuurlijk, *my pleasure*. Wat wil je: een hond, een poes of een paard? Zeg het maar.'

Nikos keek haar strak aan. 'Een dolfijn, kan dat ook?'

Snel bracht Tess een hand voor haar gezicht, zogenaamd om haar ogen te beschermen tegen de zon, maar in werkelijkheid hoopte ze dat Nikos niet zou zien dat ze bloosde. Ze wist dondersgoed wat hij bedoelde, maar wilde het daar absoluut niet over hebben. 'Dolfijn...' zei ze zo onverschillig mogelijk. 'Ook goed, maakt mij niet uit.'

Zacht pakte Nikos haar hand beet en haalde hem voor haar gezicht weg.

'Luister,' zei hij. 'Je mag het best toegeven, hoor. Hoewel die gast natuurlijk niet de verstandigste keuze is...'

De avond ervoor waren ze tijdens het uitgaan Sunny tegengekomen. En hoewel Tess had geprobeerd zo onverschillig mogelijk tegen hem te doen, was het haar klaarblijkelijk niet gelukt om iedereen op een dwaalspoor te brengen en had ze aan Nikos' blik gezien dat hij zich niet voor de gek liet houden.

Tess draaide haar gezicht van hem weg. 'Geen idee waar je het over hebt.'

Nikos zweeg. 'Goed, wat jij wilt,' zei hij toen. 'Maar je bent in ieder geval niet verliefd op míj.'

'En jij niet op mij,' zei Tess daar meteen bovenop.

Nu was Nikos degene die bloosde.

Tess had in de gaten dat ze de touwtjes weer in handen had, en was zeker niet van plan die nog een keer los te laten. Ze aarzelde even, maar besloot toen eerlijk te zijn. 'Hoor eens, ik vind je heel leuk en lief en grappig en je zoent ontzettend lekker, maar...'

Nikos trok zijn wenkbrauwen op. 'Maar...?'

Tess ontweek zijn blik. 'Maar volgens mij kun je dat laatste beter met Karen doen.'

Nikos keek haar onthutst aan. 'Hoe weet jij...?'

'Dat kan een blinde nog zien,' zei Tess, terwijl ze haar hoofd naar hem toe draaide. Giechelend sloeg ze een hand voor haar mond. 'Hoewel ik me afvraag of zij het wel ziet.' Tess ging op haar buik liggen en legde haar kin in haar handen. 'Weet je, waarom zoen je Karen gewoon niet?'

'Alsof dat zo makkelijk is!' riep Nikos verontwaardigd uit. 'Karen is niet verliefd op me!'

'Was ik dan wel verliefd op jou toen jij me de eerste keer zoende?'

Opnieuw stond Nikos met zijn mond vol tanden. 'Nee...' zei hij aarzelend. 'Maar dat was anders. Dat was voor mezelf...'

'Hoezo?'

'Om erachter te komen of ik misschien verliefd kon worden op jóú...'

'*Mission not accomplished,*' zei Tess nuchter, terwijl ze wat opgedroogd zand van haar gezicht veegde. 'Maar hoe weet je zo zeker dat zij niet dezelfde gevoelens heeft voor jou?'

Nikos haalde zijn schouders op. 'Karen en ik kennen elkaar al jaren, ook al in de tijd dat ze nog kon zien. Nee, ze is niet verliefd op mij, dan had ik dat intussen wel geweten.'

Tess wist dat zo net nog niet. Ze had Karen naar Nikos zien kijken op een manier die er niet om loog. Volgens haar hoefde Nikos maar één kik te geven, of ze zouden liggen te rollebollen over het strand.

Nikos zuchtte. 'Elke keer als ik een ander leuk meisje tegenkwam, hoopte ik dat mijn verliefdheid op Karen wel over zou gaan. Niet dus. Ik heb best vriendinnetjes gehad, zoals je weet, en daar was ik ook gerust wel eens verliefd op, maar Karen blijft mijn grote liefde, ik kan er niks aan doen.' Hij zuchtte opnieuw. 'Nou ja, liefde op afstand dan...'

Tess keek hem aan. 'Waarom zeg je het gewoon niet tegen haar?'

'Gewoon? Gewoon?' riep Nikos. 'En dan voor gek staan, zeker! Daar heb ik geen zin in, hoor.' Even was hij stil. Toen keek hij Tess verrast aan. 'Dus jij bent écht niet verliefd op mij?' Hij vroeg het op een toon alsof het nu pas goed tot hem doordrong.

Tess keek hem een beetje bedremmeld aan. 'Ik wílde het heel graag, maar het lukte me niet...'

Nikos schoot in de lach. 'Tjonge, wat een zootje. Denk je dat Sue wel verliefd is op Eric?'

'Hmm...' zei Tess aarzelend. Sue maakte tamelijk veel werk van Eric, maar toegeven dat ze verliefd op hem was had ze nog niet gedaan. 'Volgens mij wel,' antwoordde Tess toen. 'Maar dat heeft ze zelf nog niet in de gaten.' Ineens bedacht ze iets. 'Misschien is dat met Karen ook wel zo: dat ze wel verliefd op je is, maar dat ze dat nog niet in de gaten heeft...' Ze draaide zich weer op haar rug en legde haar gebogen arm over haar gezicht om haar ogen tegen het felle zonlicht te beschermen. In gedachten zag ze Karen tegenover Nikos op de dansvloer staan.

'Dus...' zei Tess, terwijl ze haar ogen sloot. 'Als je Karen zoent, zoent ze je volgens mij keihard terug...'

Nikos reageerde niet.

'Hé,' zei Tess. 'Ik had het tegen je. Ga Karen zoenen, dan weet je meteen of zij ook verliefd is op jou.' Ze grinnikte. 'Ik snap jou best, hoor. Als ik een jongen was of lesbisch, zou ik haar echt wel versieren. Jemig, wat is zij mooi.'

Opnieuw geen reactie.

Tess haalde haar arm voor haar gezicht weg en draaide haar hoofd naar Nikos toe.

'Hállo, ben je doof, of...?' Abrupt brak ze haar zin af.

Daar stond Karen, vlak voor hun neus...

21

'En toen?' riep Sue opgewonden. 'Had ze jullie gehoord?'

'Dat zou je wel willen weten, hè?' zei Tess.

Sue haalde het kussen onder haar hoofd vandaan en smeet het in haar richting.

'Vertellen! Nu!'

Sue had die middag misselijk en met hoofdpijn in bed gelegen. Toen Tess terugkwam van het strand en Sue zich na een paar uurtjes slaap weer een stuk beter voelde, wilde ze natuurlijk meteen weten of ze nog wat had gemist.

'En óf je wat hebt gemist,' had Tess geantwoord. 'Het Romeo en Julia-verhaal van de eeuw.' Ze was nu bij het moment gekomen dat Karen ineens voor hun neus had gestaan. Ze was in eerste instantie samen met Eric geweest, maar toen ze Tess en Nikos in het oog kregen, had Eric zich ineens gerealiseerd dat hij zijn portemonnee ergens had laten liggen en was als een speer teruggerend.

Sue vroeg zich af hoe Karen zich gevoeld had toen ze Tess en Nikos over haar had horen praten. Toen Sue een jaar of elf was, had ze dat zelf meegemaakt, hoewel dat ook een beetje haar eigen schuld was geweest. Het was begonnen als grapje, toen Sue bij haar vriendinnetje Nina aan het spelen was in de garage van Nina's ouders. Die garage had een vliering, waar Sue snel op gekropen was toen Jonne, een ander vriendinnetje, plotseling was komen opdagen. Nina zou Jonne (die niet wist dat Sue er ook was) uitlokken iets

over Sue te zeggen en dat zou dan vast heel grappig worden.
Dachten ze.

Maar Nina was nog niet over Sue begonnen, of Jonne riep: 'O, Sue! Wat is dat een tutje, zeg! De kléren die ze draagt en hoe ze práát en hoe ze lóópt.' Jonne had het heel overdreven voorgedaan. 'Volgens mij wordt er nooit één jongen verliefd op haar. Wie wil er nou met zo'n tutje?' Vanaf de vliering had Sue zogenaamd slap gelegen van het lachen, en ze had er later met Nina opnieuw zogenaamd blauw om gelegen, maar diep vanbinnen had ze zich nog nooit zo afschuwelijk gevoeld. Over Karen was natuurlijk niet negatief gepraat, maar toch. Stel dat zij níét verliefd was op Nikos, of hem misschien zelfs onaantrekkelijk vond, wat dan?

Tess had nog steeds geen antwoord gegeven op Sues vraag. 'Had ze jullie nou gehoord of niet?' vroeg Sue nog een keer.

'Nou, ik heb mezelf snel onzichtbaar gemaakt door zogenaamd te willen zwemmen,' rekte Tess het verhaal. 'Maar toen ik na een kwartiertje terugkwam, zaten ze...' Tess zuchtte en keek Sue dromerig aan.

'Wat?' riep Sue, die Tess intussen wel kon slaan.

'Hand in hand,' maakte Tess haar zin af. 'En toen ik zag hoe ze keken, hoefde ik niet te twijfelen over wat daaraan vooraf was gegaan...'

'O...' zei Sue met een zucht, terwijl ze terugzakte op haar matras. 'Wat een heerlijk happy end...'

'Dat weet je niet,' zei Tess nuchter. 'Misschien hebben ze over een paar weken wel slaande ruzie en willen ze elkaar nooit meer zien, maar is Karen inmiddels zwanger en krijgen ze enorme problemen om de voogdij, want ze wil natuurlijk het kind wel houden.'

Sue schoot in de lach. 'Dan moeten ze dus al snel een kindje gaan maken.'

'En ruzie over dat ze zich dat allebei heel anders hadden voorgesteld...' zei Tess.

Opnieuw schoten haar gedachten naar haar Spaanse onenightstand (of liever gezegd *oneminutestand*) en hoe ze vóór dat gebeurde over hem had zitten dagdromen. Toen schudde ze resoluut haar hoofd. 'Nee, dat gaat niet gebeuren. Volgens mij zijn ze voor elkaar gemaakt.'

'Maar hoe lang was Karen dan al verliefd op hém?' wilde Sue weten.

'Al ongeveer net zo lang als Nikos op haar, vertelde ze me,' antwoordde Tess. 'Maar omdat Nikos steeds andere vriendinnetjes had, dacht ze nooit een kans te maken.'

Sue zuchtte. 'Wat een tijdverspilling.'

'Juist niet. Nu weten ze ook hoe anderen smaken en hebben ze een beetje vergelijkingsmateriaal. Dat is veel beter.'

Sue lachte. 'En vind jij het niet jammer dat jij je vergelijkingsmateriaal nu kwijt bent?

Tess schudde haar hoofd. 'Welnee, ik vind wel weer een nieuwe.' Ze deed enorm haar best om niet te blozen.

'Volgens mij heb je die al op het oog,' probeerde Sue.

Tess stond op en trok haar koffer open. 'Ik moet er níet aan denken,' zei ze.

En daar was geen woord aan gelogen.

22

'So, *would you like to work for Star Beach?*'

De vraag die uit Sunny's mond kwam rollen, maakte een verpletterende indruk. Sue verslikte zich in haar cola en liep rood aan, en Tess had het gevoel dat haar hart in één keer stilstond, zodat ze naar adem moest happen.

'*Working for Star Beach?*' vroeg Tess, zodra ze weer een beetje lucht had.

Sunny legde het uit. Ze hadden nieuwe mensen nodig om te flyeren voor de strandfeesten en de vj-avonden. Ze moesten dan overdag flyers uitdelen en tickets zien te verkopen. Zes euro per uur, plus commissie. Acht uur per dag.

'*We could use pretty and outgoing girls like you,*' zei hij erachteraan.

Opgewonden keken Tess en Sue elkaar aan.

'Maar we hebben nog maar een week,' zei Sue.

'Niet als we langer blijven,' zei Tess. 'We hebben daarna nog vier weken vakantie, dus we kunnen nog lang zat blijven.'

'En onze vliegtickets dan? Die hebben we toch al betaald?'

'Omzetten,' zei Tess. 'Of laten schieten en gewoon een enkele reis boeken als we teruggaan.'

'Maar waar moeten we over een week dan slapen, dan moeten we het hotel toch uit?'

Typisch Sue, dacht Tess. Niet meteen het grote avontuur in

duiken, maar eerst op alles een antwoord willen. Ze wendde zich tot Sunny en legde hem het probleem voor.

'*No problem,*' antwoordde hij. '*I'll put you in one of my appartments.*'

'Een van mijn appartementen,' herhaalde Sue langzaam, terwijl ze Tess veelbetekenend aankeek. 'Ik moet je zeggen dat hij me de laatste dagen is meegevallen, maar was dat om ons te pleasen, zodat we makke lammetjes zouden worden en hij daarna met ons kan doen wat hij wil? Wat weten we eigenlijk van deze gast?'

'Dat hij half Australisch, half Grieks is,' antwoordde Tess op bijna verdedigende toon. 'Dat hij van mei tot oktober op Kreta woont, dat hij de attracties in Star Beach beheert – of misschien wel mede-eigenaar is, maar daar laat hij zich niet over uit – dat hij de strandfeesten organiseert, dat hij zesendertig is, tenminste, dat zegt-ie, want ik vind hem er ouder uitzien, dat hij dol is op dolfijnen, een speedboot heeft, een jeep, een crossmotor en een paar appartementen, en dat hij single is.' Tess haalde adem. 'En ook dat we hem nog nooit met een vrouw hebben gezien en dat hij dus misschien je-weet-wel is, dus dat is dan lekker veilig,' vervolgde ze. Ze wilde het woord 'gay' of 'homo' niet uitspreken, omdat hij dat zou kunnen verstaan.

'Híj?' riep Sue. 'Natuurlijk niet, hij geilt op elke vrouw!'

Tess twijfelde daaraan. Hij léék wel geïnteresseerd in vrouwen – vooral in vrouwen die veel jonger waren dan hij – maar ze had hem nog nooit meer zien doen dan een beetje flirten en dat leek haar niet normaal voor een man zoals hij. In dit park werd door iedereen openlijk gezoend en hitsig gedanst, zeker op feesten, en hij zou dan de enige zijn die dat niet deed? Dat ging er bij haar niet in.

De afgelopen dagen waren ze vaak naar Star Beach geweest, waar je eigenlijk niet zonder antibacterieel beschermpak het zwembad in kon (het water werd wel gezuiverd, maar die ochtend hadden ze er evengoed een gebruikt condoom in zien drijven), waar bij de *Lazy River* bierflesjes niet aan elkaar werden gegéven maar gegooid – zodat de bodem van de geul niet vrij was van glas – en waar Sue in het toiletgebouw een lelijke val had gemaakt omdat de marmeren trap daar spiegelglad bleek te zijn.

Omdat ze Sunny bijna elke dag had gezien, lukte het Tess juist beter om haar gevoelens voor hem op een afstand te houden. Hoewel ze uit alle macht dingen aan hem probeerde te ontdekken die ze irritant of stom vond, was haar dat nog niet gelukt. Eergisteren had hij Tess en Sue meegenomen in zijn speedboot en waren ze in een sprookjesachtig mooi baaitje geweest waar geen toerist ooit kwam, en dat was superleuk geweest. Ze hadden gesnorkeld en zwemwedstrijdjes gehouden en in de zon gelegen. Verder waren Tess en Sue elke avond gaan stappen, niet alleen met Eric en Karen – en soms met Nikos, als hij vrij was – maar ook met andere mensen die ze inmiddels hadden ontmoet. Ze vonden de meeste clubs eigenlijk veel te druk, want er was soms nauwelijks plek om te dansen, maar daar hadden ze zich maar aan overgegeven. Als je daar moeilijk over deed, verpestte je je eigen vakantie.

Nu ze hier op een terras zaten met Sunny, die hun een baantje aanbood, leek het alsof ze al weken op Kreta zaten, terwijl het pas een dag of zeven was. Over een week zouden ze alweer naar huis moeten – tenminste, als ze niet zouden blijven...

Tess pakte haar mobiel uit haar tas en zei resoluut: 'Ik ga mijn vader bellen.'

'Werken, voor een Australiër?' riep René uit. 'Waar? Waarom? Hoe lang?'

'Eén: bij Star Beach, een heel vet waterpark bij Chersonissos. Twee: omdat ze mensen nodig hebben. Drie: maximaal vijf weken,' antwoordde Tess kort en krachtig.

René kreunde. Toen hoorde ze hem iets tegen Jenny zeggen.

'Dat vind ik niet zomaar goed, hoor,' zei hij even later. 'Ik wil eerst zien wat voor vlees ik in de kuip heb met die Australiër.'

René en Jenny waren intussen op Kreta aangekomen, maar zaten helemaal aan de andere kant van het eiland. René had haar nog ge-sms't:

RUIM JE KAMER OP, DOE JE HAAR NETJES EN VERSTOP DE JONGENS ONDER HET BED: IK KOM DE BOEL CONTROLEREN!

Tess had teruggeschreven:

ONZE BEDDEN ZIJN NIET GROOT GENOEG OM AL DIE JONGENS ONDER TE VERSTOPPEN, MIJN HAAR ZIT UITERAARD DE HELE TIJD AL NETJES EN DE KAMER ZIET ERUIT OM DOOR EEN RINGETJE TE HALEN.

Toen ze dat schreef, lag de hele inhoud van hun beider koffers inmiddels op, naast of onder hun bed. Tegen een van de muren van de kamer stond een grote kledingkast, maar die was leeg gebleven. De drie kromgebogen metalen hangertjes die de kast rijk was, hingen er doelloos en eenzaam bij, en de lades, die alleen met veel gesteun en gekreun opengingen, hadden ze toen ook maar leeg gelaten.

Maar Tess vond het oké als René en Jenny langs zouden komen. Stiekem vond ze het zelfs leuk, want dan konden ze het hier zien en dan zouden ze vast wel begrijpen dat Sue en zij hier wilden blijven.

'We rijden morgen naar jullie toe,' besloot René na overleg met Jenny. 'We bellen of sms'en nog wel waar en hoe laat we afspreken.' Hij zei Tess gedag en hing op.

'René komt morgen hierheen,' vertelde Tess, terwijl ze haar mobiel dichtklapte. Ze fronste. 'Het zal nog moeilijk worden om hem over te halen.'

'Pfff, en mijn ouders dan?' zei Sue met een zucht. 'Mijn vader gaat het écht niet goedvinden, dat weet ik zeker.'

'We zullen eerst René proberen te overtuigen en als dat lukt, bellen we jouw ouders pas. Goed?'

Sue knikte. Ze had nu niet de moed om het hun te vragen. Haar moeder zou vast niet zoveel problemen geven, maar in de reactie van haar vader had ze een hard hoofd.

'*Well?*' vroeg Sunny.

Tess legde een hand op zijn schouder. '*My father will be here tomorrow,*' zei ze met een gespeeld dreigende toon in haar stem. '*To check you out...*'

Zonder blikken of blozen keek Sunny haar aan. Zijn ogen leken nog blauwer dan anders. '*That's cool, let me know.*'

Hij stond op en gaf hun een zwaai. '*See ya!*'

Tess en Sue gaven hem een zwaai terug. Toen keken ze elkaar aan. En zwoeren ze elkaar om alles op alles te zetten om te mogen blijven.

Star Beach

23

'*This is a job, no holiday, you realize that?*' Met een ijzige blik keek Ginger hen aan.

Ja, dat wisten ze inmiddels ook wel, dat het geen vakantie was. Ze hadden de afgelopen zes dagen wel meer dan acht uur per dag gewerkt, de vorige dag zelfs twaalf. En daarna waren ze meestal nog uit geweest. Het was dus niet voor niks dat ze bekaf waren en zich al twee keer hadden verslapen. Maar nu stonden ze hier als twee kleine kinderen die op hun kop kregen van de juf. Vanochtend waren ze voor de tweede keer door de wekker van hun mobiele telefoon heen geslapen. De eerste keer waren ze maar een halfuur te laat geweest en hadden ze zich er nog uit weten te redden, maar deze keer hadden ze om tien uur in Star Beach moeten zijn en waren ze pas om halfeen wakker geworden...

'Shit!' had Tess in paniek uitgeroepen. 'Shit-shit-shit! Wat moeten we doen?' Het enige wat haar te binnen schoot, was René bellen om te vragen of hij een goede smoes op voorraad had. Die had hij zelf vroeger op school aan de lopende band moeten verzinnen en hij was kampioen van zijn klas geweest, dus misschien kon hij hen wel uit de brand helpen. Maar in plaats van dat hij hun een goede smoes aan de hand deed, riep hij bijna lacherig uit: 'Verslapen? En wat je dan moet doen? Nou, erheen gaan, lijkt me, en wel zo snel mogelijk! Hoe langer je met mij aan de telefoon hangt, hoe later het wordt!' Tess wist zeker dat hij bij die woorden zijn handen had opgestoken in een wanhopig gebaar van 'wat bezielt die meiden toch?'

Nu stonden ze als twee beteuterde kleuters voor Gingers bureau en konden ze wel door de grond zakken. Ginger was toch al zo'n trut, en vanaf de volgende dag moesten ze ook nog eens bij haar logeren... Sunny had hun wel zo stoer een appartement beloofd, maar later zei hij dat hij zich had vergist en dat dat·pas over een paar weken vrijkwam. Ginger had een appartement waarvan een slaapkamer ongebruikt was. 'En ze is toch nooit thuis,' had Sunny gezegd. 'Ze is of aan het werk, of uit.'

Of bij jou, had Tess erachteraan gedacht. Nikos had hen nog voor Sunny gewaarschuwd: dat hij met elke vrouw naar bed ging die hij te pakken kon krijgen en dat naast al die losse scharrels Ginger zijn vaste wipmaatje was. Tess had hem niet willen geloven. 'Ik heb hem nog niets anders zien doen dan een beetje flirten,' had ze verontwaardigd uitgeroepen. 'Volgens mij is-ie gay!' Nikos had gebulderd van het lachen. 'Sunny gay? Dat is de beste grap die ik dit jaar heb gehoord!'

Maar Tess en Sue hadden zich niets van zijn waarschuwingen aangetrokken, ze wilden dit vakantiebaantje té graag. Sue vond Sunny nog steeds een beetje een *creep*, maar hij was tegen hen eigenlijk altijd heel aardig.

Nu ze voor het bureau van Ginger stonden, wilden ze dat ze Nikos' raadgevingen niet in de wind hadden geslagen. Want hij had hen niet alleen gewaarschuwd voor Sunny, maar ook voor Ginger, de Amerikaanse die hen bij die eerste beachparty had geweigerd toen ze geen kaartje hadden, en die de leiding bleek te hebben over het personeel. Wat Sunny hun dus mooi niet had verteld. Daar kwamen ze pas achter toen ze zich de eerste dag meldden.

'Zij is een *superbitch*,' had Nikos gezegd. 'De eerste de beste reden die ze kan vinden om jullie te ontslaan, zal ze aangrijpen. Het is niet voor niks dat ze steeds nieuwe mensen nodig hebben.' Hij had een smalend gezicht getrokken. 'Maar goed, Sunny ontslaat haar niet, dus ze zal wel lekker wippen.'

Die opmerking had Tess meer gestoken dan ze wilde toegeven en nu ze de ijzige blik van Ginger moest doorstaan, voelde ze het weer. Wat zag Sunny in deze vrouw? Of was het maar een roddel en waren ze helemaal geen lovers? Ze schudde haar gedachten van zich af. Ze moest nu eerst haar baantje zien te redden!

'*We know it's not a holiday*,' reageerde Tess op Gingers opmerking. '*And we didn't do it on purpose...*'

'*That would even be worse!*' riep Ginger pissig uit.

Tess voelde zich steeds ongeruster worden. Straks werden ze echt ontslagen! Haar gedachten gingen terug naar de middag dat René en Jenny naar Malia waren gekomen om Sunny te ondervragen. Hoe René het naadje van de kous had willen weten: wat de meisjes zouden verdienen, wat ze zouden moeten doen, of ze niet te jong waren, waar ze zouden wonen, of het wit of zwart betaald werd, of Sunny de meiden kon helpen met het regelen van een terugvlucht, en of ze konden stoppen wanneer ze maar wilden, ook als dat al na een week zou zijn.

'Alsof we dit maar een week zouden volhouden!' hadden de meiden luid geprotesteerd. Waarop René zei dat je dat nooit kon weten. Dat het misschien vies tegen zou vallen of dat er iets onverwachts zou gebeuren. Ontslag was toen in niemands hoofd opgekomen, zelfs niet bij René.

Ook Sue begon hem intussen behoorlijk te knijpen. Ze zette haar liefste gezicht op. '*It will never happen again, we promise!*'

'*Yes, we promise,*' deed Tess er nog een schepje bovenop.

'*That's what you said the first time,*' zei Ginger koeltjes. En ook dat ze Sunny nog had gewaarschuwd. Dat ze veel te jong waren en dat dat onherroepelijk tot problemen zou leiden.

Te jong! brieste Sue inwendig. Daar moest Ginger al helemaal niet mee aankomen! Als je zag wat voor kleuters de andere werknemers hier konden zijn, en die waren toch allemaal boven de twintig. Een van de jongens had zelfs een paar dagen geleden zogenaamd grappig met een waterpistool een paar meisjes van dertien achternagezeten, terwijl hij bardienst had. Over professioneel gesproken!

Opnieuw kwam Tess in actie. Smekend keek ze Ginger aan. '*Please give us another chance?*' (*stupid bitch*, dacht ze erachteraan).

Ginger keek hen strak aan. '*Girls, girls...*' zei ze met een zucht. Ze zou het door de vingers zien, besloot ze uiteindelijk. Voor de allerlaatste keer, anders vlogen ze eruit.

'Dat ging maar net goed,' zei Tess opgelucht toen ze het kantoor verlieten. 'Ik was echt bang dat we op staande voet zouden worden ontslagen.'

'En dan had je mijn vader moeten horen,' zei Sue. Ze trok een gezicht: '"Had ik het niet gezegd, ik had het nooit goed moeten vinden, ze zijn hier veel te jong voor, ik had nooit naar Jenny moeten luisteren, blablabla."'

'Nou, ik was anders superblij met Jenny,' zei Tess. 'Zonder haar hadden we het wel kunnen schudden.'

Jenny had hemel en aarde moeten bewegen om de meiden op het eiland te houden. Zij had vroeger zelf ook baantjes in het buitenland gehad en vond het een geweldige kans voor hen.

'Super,' had ze gezegd. 'Je bent maar één keer jong.' Maar

toen had ze eerst heel veel moeite moeten doen om René over te halen en pas de volgende dag, na minstens tien keer heen en weer bellen (en de vaders die met elkaar wilden spreken en Sues moeder met Jenny), hadden Sues ouders toegestemd. Maar alleen omdat René en Jenny nog twee weken op het eiland waren om een oogje in het zeil te houden. Dat ze aan de andere kant van het eiland zaten en minstens vier uur moesten rijden voordat ze in Malia waren, had Jenny er niet bij gezegd. En ook niet dat ze Sunny een *player* vond (van het onschuldige soort, zei ze later), maar dat je volgens haar niet vroeg genoeg kon leren om met dat soort mannen om te gaan, want het zou vast niet de laatste zijn die ze zouden tegenkomen. Sunny had zelfs flirterig gedaan tegen Jenny, waar ze zelf luchtig overheen had gebabbeld, maar wat René zichtbaar had geïrriteerd en waar Tess zich kribbig over had gevoeld. Maar het eind van het liedje was dat de woorden van Jenny hun uitwerking niet hadden gemist en dat de ouders van Sue zich de volgende middag uiteindelijk gewonnen hadden gegeven. De meiden waren uitzinnig geweest van blijdschap en een dag later waren ze al begonnen. Maar ze waren nu al voor de tweede keer door het oog van de naald gekropen en ze wisten zeker dat dat ze een derde keer nooit zou lukken.

'Ha, ha!' lachte Tess, terwijl ze de verkooplijst voor de beachparty van die avond uit haar tas haalde. 'Dat ik René ging bellen om te vragen wat we moesten doen – wat gênant! Ik weet zeker dat hij heel hard heeft gezucht en dat Jenny in een deuk heeft gelegen.'

'Je hebt wel mazzel gehad met Jenny,' zei Sue, terwijl ze haar zonnebril opzette.

'Echt wel,' zei Tess. 'René had zich geen betere vriendin kunnen wensen.'

24

Gelukkig waren ze niet ontslagen en hoefden ze dus ook die avond de *foamparty* niet te missen, een feest waarbij de dansvloer zo volgespoten werd met schuim dat je er bijna tot aan je nek toe in stond. Ze moesten de eerste twee uur bij de ingang staan om tickets te controleren, maar daarna hadden ze vrij en gingen ze meefeesten.

Ze hadden er zin in. Ze waren de afgelopen tijd superleuk uit geweest, maar een foamparty hadden ze nog nooit meegemaakt en daar waren ze nieuwsgierig naar.

Sue vond het jammer dat Eric er niet bij kon zijn. Hij had dolgraag willen blijven, maar zijn familie-uitje zat er helaas weer op. 'Zal ik gewoon mijn ticket laten verlopen?' had hij zogenaamd als grapje tegen Sue gezegd. Maar Sue had hem vertwijfeld aangekeken en hij was er niet meer op teruggekomen. Als ze heel eerlijk was, miste ze hem. Die Engelse jongen had ze niet meer gezien, en ze had wel geprobeerd het leuk te hebben met andere jongens, maar dat was niet zo goed gelukt als ze had gewild.

Tess en zij hadden daar trouwens nog ruzie over gehad. 'Ik vind jou af en toe wel sletterig,' had Tess recht in Sues gezicht gezegd.

'Jij zei toch zelf dat we ons niet aan één jongen moesten binden?' was Sues verontwaardigde reactie geweest. Waarop Tess had opgemerkt dat dat iets anders was dan je sletterig gedragen. Sue had zich omgedraaid en was beledigd weggelopen. Later op de avond hadden ze het weer goedgemaakt.

'Ik meende het toch niet zo,' had Tess gezegd.

'Kies je woorden dan voortaan anders,' zei Sue.

Nu ze vanavond opnieuw uitgingen en Sue geen zin had om muurbloem te spelen, zei ze een beetje voorzichtig: 'Niet dat ik ruzie met je zoek, maar zullen we vanavond gewoon allebei een lekkere gast scoren?'

Tot Sues grote verbazing sloeg Tess een arm om Sues schouders en zei: 'Dat lijkt me een uitstekend plan.'

Die avond (ze waren eerst nog naar huis geweest om zich te verkleden) tuften ze op hun geleende brommer van Malia naar Chersonissos. Ondanks het verbod van hun beider ouders hadden de meiden zich niet overgegeven aan een scooter, maar aan een brommer...

'Nee, dat kunnen we echt niet maken!' had Sue gezegd toen Sunny hun zijn oude brommertje te leen had aangeboden.

'Ze zeiden dat we niet op een scooter mochten, over een brommer hebben ze niets gezegd,' had Tess een beetje flauw opgemerkt. 'We kunnen toch niet de hele tijd bussen en taxi's nemen? Daar heb ik echt geen zin in, hoor. Wat kan het nou voor kwaad, een brommer?'

In haar hart zag Sue die brommer helemaal zitten, maar ze wist ook dat het al heel bijzonder was dat ze überhaupt hier had mogen blijven, en als ze dan ook nog stiekem op een brommer ging...

'Ze hoeven het toch niet te weten te komen?' zei Tess.

'Nee, maar als er wat gebeurt...'

'Wat kan er nou fout gaan? We rijden heel voorzichtig, en dit ding kan volgens mij niet eens harder dan tien kilometer per uur. Kom op, we doen het gewoon.'

Uiteindelijk had Sue zich gewonnen gegeven.

Op het brommertje waren ze al zes dagen over de doorgaande weg tussen Malia en Chersonissos gesputterd en ook vandaag waren ze blij dat ze niet afhankelijk waren van een bus of een taxi. Dit was een stuk praktischer, en nog goedkoper ook. Misschien dat ze hem morgen weer inleverden; dan verhuisden ze immers naar Gingers appartement, dat op loopafstand van Star Beach lag. Maar vanaf morgen hadden ze ook twee dagen vrij. Dan konden ze doen waar ze zin in hadden en wilden ze misschien een tochtje maken. Mét de brommer...

Stiekem hoopte Tess dat Sunny hen mee zou nemen met zijn jeep. Dat had hij hun beloofd, maar hij was er niet meer op teruggekomen. Ze hadden hem überhaupt de afgelopen week nauwelijks gezien. Tess snapte het niet. Hij wilde toch graag dat ze daar kwamen werken? Waarom hield hij zich nu dan schuil?

Ze had het nog niet gedacht, of een stoffige bruine jeep kwam naast hen rijden.

'Hey ladies!' riep Sunny van achter het stuur. 'Fancy a ride tomorrow?'

Tess keek hem even aan, maar richtte toen haar blik weer op de weg. Ze maakte een gebaar. 'Yeah, great!' riep ze boven het geronk van de jeep en de brommer uit. Snel legde ze haar hand weer om het stuur.

Sunny groette hen door zijn hand naar zijn hoofd te brengen en gaf toen vol gas. Binnen een paar tellen was hij uit het zicht verdwenen.

Aansteller, dacht Sue achter op de brommer. Ze hoopte dat Tess vanavond een leuke jongen zou tegenkomen. Na Nikos had Tess nauwelijks nog belangstelling voor jongens getoond.

Ja, op die beachparty had ze even met iemand staan zoenen, maar volgens Sue was dat meer uit frustratie geweest. Ze had ook wel gezien hoe Tess en Sunny naar elkaar keken. Sue was blij dat Sunny geen pogingen deed om Tess te versieren, want een blind paard kon zien dat het niet goed was voor Tess om Sunny leuk te vinden. Het was duidelijk dat Tess niet goed wist wat ze daarmee moest, maar ze was nu eenmaal niet iemand die gemakkelijk haar gevoelens deelde, en tot nu toe had ze dan ook Sues voorzichtige opmerkingen over dit onderwerp ontweken. Er was iets met die Sunny, voelde Sue. Kon ze er maar achter komen wát...

25

Ze hadden inmiddels aanzien. Ze waren 'die Hollandse meisjes van Star Beach' en kregen daardoor overal gratis drankjes. Ook op de strandfeesten hoefden ze niks te betalen. Niet alleen omdat werknemers een paar drankjes gratis kregen, maar ook omdat ze om de haverklap werden getrakteerd.

Ze hadden eerst twee uur bij de ingang gestaan, waar Ginger hen om elf uur had afgelost. Met een chagrijnige kop en met de woorden dat ze overmorgen geen minuut te laat hoefden te komen, want dat ze wel andere mensen wist die graag voor Star Beach wilden werken. En dat als ze morgen in haar appartement zouden komen, ze de boel netjes moesten houden, omdat ze anders op straat mochten slapen. 'Of course,' had Tess met een stralende glimlach gezegd, en direct daar achteraan, net zo stralend glimlachend: 'Stomme trut die je bent.' Ginger had haar met samengeknepen ogen aangekeken, maar verder niet gereageerd. 'Misschien verstaat ze wel Nederlands,' zei Sue nog. 'Tuurlijk niet,' reageerde Tess smalend. 'Daar is ze te dom voor.'

Nu ze stonden te dansen op de met schuim volgespoten dansvloer, dacht Tess even terug aan eerder die dag, toen ze slechts gekleed in een bikini en verder volledig gebodypaint in Chersonissos rond hadden moeten lopen om het strandfeest te promoten. Zelfs later in de middag was het nog veertig graden geweest en bijna niet te harden. Godzijdank hadden ze beschermingsfactor zestig onder hun bodypaint gesmeerd, bedacht Tess zich met een schok, toen ze even verderop de twee Schotse meisjes zag dansen die ook voor Star Beach werkten. Ze sloeg een hand voor haar mond, stootte Sue aan en wees.

'Kijk!'

De Schotse meisjes hadden vandaag dezelfde klus moeten doen, maar zij hadden zich van tevoren niet ingesmeerd en liepen nu met roodverbrande plekken in de vorm van zonnetjes en sterren op hun rug rond.

'Au!' riep Sue. 'Wat moet dat zeer doen!' De figuurtjes op de ruggen van de meisjes waren knalrood.

'Moet je maar niet zo dom zijn,' zei Tess.

Toch had ze met de meisjes te doen. Ze werkten nog maar twee dagen voor Star Beach, maar het zou Tess verbazen als dat er drie zouden worden. Ze stonden op hun eerste dag al te klagen dat het zo warm was en dat ze bang waren om flauw te vallen. Als je niet tegen de hitte kon, waarom ging je dan in juli naar Kreta?

Tess gebaarde naar Sue. De muziek stond zo hard dat je nauwelijks een fatsoenlijk gesprek kon voeren. De mensen stonden op elkaar gepakt te springen en te dansen en als je niet uitkeek zaten je mond en neusgaten binnen de kortste keren onder het schuim. Tess kreeg het er benauwd van.

'Zullen we weggaan?' riep ze in Sues oor.

Sue knikte en samen wurmden ze zich onder de dansende massa uit.

Terwijl ze van de dansvloer af liepen, veegde Sue de schuimvlokken van haar kleren. 'Gatverdamme,' zei ze. 'Dit hoef ik niet meer, hoor. Wat een zooi. Volgens mij krijg je dit er nooit meer uit.' Ze wees naar de vlekken die het schuim had achtergelaten. Ze stak een sigaret op. Bij elk pakje dat ze kocht, besloot ze dat het het laatste zou zijn. Maar dan bleek het opnieuw het voorlaatste. Ze nam een haal van haar sigaret. 'Au, godver!' riep ze toen.

Meer mensen hadden het klaarblijkelijk wel gezien op de met schuim volgespoten dansvloer, ook een overduidelijk veel te dronken jongen die zigzaggend over het terrein liep en tegen iedereen aan botste die zijn pad kruiste. Zo ook tegen Sue.

'Hé, kun je niet uitkijken?' riep ze fel.

De jongen stond in één keer stil.

'Schatje, maak je niet druk en neuk gewoon met me.' Hij keek haar met halfopen, waterige ogen aan.

'Ach man, hou je bek.'

Sue wilde doorlopen maar de jongen trok haar aan haar arm naar zich toe en bracht zijn hoofd dicht bij de hare. 'Pijpen mag ook,' zei hij. 'Dat kun jij vast goed.'

'Zít daar dan wel iets?' merkte Tess droogjes op, terwijl ze een uitdagende blik op zijn kruis wierp.

'Ha, moet jij eens opletten,' antwoordde de jongen, terwijl hij zich van Sue afwendde en zich naar Tess vooroverboog. Plotseling stak hij zijn tong uit en gaf haar een kwijlerige, naar ranzig bier ruikende lik over haar wang.

'Gatver!' riep Tess, die haar hoofd terugtrok. Toen gaf ze hem zo'n harde duw dat hij wankelde en achteroverviel.

De jongen vloekte. Met moeite kwam hij weer overeind.

'Hoewoe!' werd er door omstanders geroepen. Maar niemand stak een vinger uit.

'Klerewijf, wil je er ook een over je andere wang?' Dreigend kwam de jongen op haar af.

'Hé!' klonk ineens de dwingende stem van Rick. Tess en Sue draaiden zich om. Nu ze collega's waren, zagen ze hem bijna elke dag en hoewel hij op zich best een leuke jongen was, vonden ze zijn branieschopperige gedrag minder aantrekkelijk. Hij reed motor zonder helm en scheurde met honderd kilometer per uur rond in een jeep op plekken waar je eigenlijk maar vijftig mocht. Maar op dit moment vonden ze het niet zo erg om een branieschopper bij de hand te hebben. In twee passen was Rick bij hen en pakte de jongen bij zijn arm. 'Effe dimmen, kereltje, anders rot je maar op hier.'

De jongen trok zijn arm los en keek hem uitdagend aan. 'En als ik dat niet doe?'

'Dan mep ik je zo in elkaar dat je drie dagen niet kunt lopen,' zei Rick.

Toe maar, dacht Tess, zou-ie ook nog de zwarte band hebben? Rick had erover opgeschept dat hij ongeveer alle sporten had gedaan die je kunt bedenken, en taekwondo of karate zou daar dus ook wel bij horen.

De dronken jongen keek Rick vuil aan, maar bedacht zich kennelijk en liep wankelend weg.

Rick draaide zich naar de meisjes om. 'Zo dames, hebben jullie het een beetje naar je zin?' Vooral Sue keek hij verleidelijk aan. Soms had ze er moeite mee zijn blik te trotseren. Hij had een onweerstaanbare sexy lach en met zijn sprekende grijsblauwe ogen en zijn korte, krullerige haar – waarvan ze niet zeker wist of het natuurlijk blond was of uit een potje kwam – was hij zonder meer haar type.

Maar ook deze keer lukte het haar om zijn charmes te weerstaan.

'Nou, net ging het nog prima met me, maar nu ik jou zie niet meer,' beantwoordde ze zijn vraag droogjes.

Rick grijnsde. 'O jee, hoe kan ik je...' Hij onderbrak zichzelf. Iemand riep hem.

'Rick!' Het was Thomas, zijn maat van de bungeejump.

'Zie jullie zo,' zei Rick, terwijl hij zich uit de voeten maakte. 'Even iets regelen.'

Tess en Sue keken wat er te 'regelen' viel. Naast Thomas stonden twee blonde meiden, allebei in een te klein bikinitopje en dito hotpants.

'Zo, die hebben vannacht weer wat te doen,' constateerde Sue. 'Fijn, dan zijn wij veilig.'

Ze hadden vette lol met de crew van Star Beach, maar verder dan een beetje *teasen* was het nog niet gekomen. Rick en Thomas waren allebei niet bepaald de lelijkste jongens die op aarde rondliepen, maar ze waren wel erg van zichzelf overtuigd en dat vonden Sue en Tess allebei niet de leukste eigenschap van een jongen.

'Nou, ik zou best weer eens wat onveiligheid willen,' zei Tess. 'Maar dan wel met iemand die ík ook leuk vind.' Ze was achteraf gezien blij dat ze niet verliefd was geworden op Nikos, want dan zou ze een blauwtje hebben gelopen. Maar wat was hij een verademing in vergelijking met veel van die zichzelf overschreeuwende zuipschuiten die ze hier tegenkwamen. Wat dat aangaat waren de Nederlandse bungeejumpjongens wel oké. Ze deden dan wel stoer, maar gingen niet elke nacht knetterstoned of dronken naar bed. Dat kon ook niet, want ze werkten bijna elke dag.

'Ga mij niet vertellen dat je hier niemand leuk vindt,' probeerde Sue, duidelijk doelend op iemand anders dan hun Nederlandse bungeejumpcollega's.

Tess draaide haar hoofd weg en gaf geen antwoord.

Plotseling hield Sue Tess staande en keek haar dwingend aan.

'Oké, en nu moet ik het weten: ben je verliefd op Sunny?'

Eindelijk, het was eruit. Ze liep er al een tijd mee rond,

maar ze vond het moeilijk om Tess ermee te confronteren. Ze wist dat het een gevoelig punt was. Tess was niet zo gauw verliefd, en om het dan te worden op een ouwe knakker van bijna veertig, dat zou ze vast niet graag toegeven.

'Hou daar nou eens over op!' riep Tess onverwacht fel.

Dit was het toppunt. Alsof Sue er al eerder direct naar had gevraagd. Dit was de eerste keer! Nu was het Sues beurt om fel te worden. 'Je kunt het me heus wel vertellen, hoor, ik ben je vriendin! Ik heb heus wel gezien hoe je naar hem kijkt en hoe zenuwachtig je van hem wordt. Ik ben niet achterlijk!'

'Dat zeg ik toch ook niet?' Tess stem sloeg hoog uit. Zenuwachtig frummelde ze aan haar kralenarmbandje. 'Maar ik ga heus niet met zo'n ouwe *player,* hoor. Bovendien is Ginger meer zijn type, heb ik me laten vertellen.'

'Hou toch op, daar geloof ik geen bal van. Denk maar niet dat hij op haar valt.'

Met een ongeduldig gebaar streek Tess een pluk haar uit haar gezicht. 'Zit Nikos te liegen dan?'

'Ach, je weet toch hoe dat gaat? Iemand verzint iets en vertelt dat door, en voor je het weet is het een verhaal dat nergens meer op slaat.'

'Zullen we er dan nu maar over ophouden?' zei Tess bits.

Sue keek haar vriendin geïrriteerd aan. 'Jezus, ik wist niet dat je kwaad werd!'

'Zeur dan niet zo!' riep Tess uit.

'Hey girls, having a fight?'

Verschrikt draaide Tess zich om. Daar stond Sunny, in een paarse heupdoek, met een ruwstenen turkooizen kralenketting om zijn hals en zoals gewoonlijk een zonnebril omhooggeschoven op zijn hoofd.

Sue herstelde zich het eerst. *'Just practicing for the de mud-*

fight.' Ze had zich opgegeven om de volgende dag tijdens de beachparty als crewlid mee te doen met het modderworstelen. 'Je moet toch wat om er een beetje bij te horen,' had ze tegen Tess gezegd. 'Jij aan een elastiek door de lucht, ik op de grond in de modder.'

Vandaag had Tess met bodypaint en al haar tweede sprong van de hijskraan gedaan, een van de vele stunts van Star Beach. Tess had dat bijna nog enger gevonden dan de allereerste keer, nu wist ze immers wat haar te wachten stond. Ze had er opnieuw van genoten, maar toch had ze haar allereerste sprong het spectaculairst gevonden.

Sunny, die niet reageerde op Sues opmerking over het modderworstelen, keek Tess onderzoekend aan. Hij legde een hand op haar schouder.

'*You're okay?'*

'*Yeah, sure, fine,'* antwoordde Tess, terwijl ze snel een stap naar achteren zette, waardoor zijn hand weer van haar schouder gleed.

Sunny's blik flitste van haar naar Sue en weer terug.

'*Mudfight?'* zei hij toen lachend, alsof Sues opmerking nu pas tot hem doordrong. '*Wanna see that!'*

Ja, dat zal wel, dacht Sue. Ineens had ze even helemaal genoeg van deze man, met die eeuwige zonnebril op zijn kop, zijn patserige uiterlijk en zijn gladde praatjes.

'Ik ga plassen,' zei ze kortaf. 'Zo terug.'

Voordat Tess iets kon zeggen, draaide Sue zich om en liep weg.

Shit, dacht Tess, laat ze me ook nog eens met hem alleen! Maar toen Sunny een arm om haar schouders legde en haar tegen zich aan trok, voelde ze alle weerstand uit haar lichaam wegtrekken. Als hij haar nu zou zoenen, zou ze er niets tegen kunnen beginnen.

26

Daar stond ze, boven op een hoge brug, met onder haar een diep ravijn. Wat doe ik hier? dacht Tess. Waarom heb ik me hiertoe laten verleiden? Ze haalde diep adem en sloot haar ogen. Ineens dacht ze terug aan een gebeurtenis in haar kleutertijd. Ze was vijf en zat in groep 2. In een hoek van het speelplein speelde een groepje kinderen met oude autobanden. Die zouden ze op elkaar stapelen en dan zou Tess zich erin verstoppen. Het was een stoer spelletje. Maar toen Tess er eenmaal in stond, hadden Michiel en Eleonora, een tweeling van net zes jaar oud, er een oude tafel bij gesleept en hadden vanaf daar de autobanden zo hoog opgestapeld dat Tess er niet meer uit kon. Eerst had ze niet goed in de gaten wat ze deden, maar toen ze het eenmaal doorkreeg, was het te laat.

Het speelkwartier was voorbij en de juf riep de groep aan de andere kant van het speelplein bij elkaar, Tess in de stapel autobanden achterlatend. Niemand zei er iets over tegen de juf, want de andere kinderen dachten nog steeds dat het om een spelletje ging. Toen Tess in de gaten kreeg dat ze alleen achtergelaten werd, riep ze de juf, maar haar stem kwam niet boven twee langsrazende, loeiende brandweerwagens uit. De groep ging naar binnen en algauw was het speelplein leeg en stil. Tess probeerde de bovenste autobanden weg te duwen, maar het lukte niet. Ze riep en riep, maar niemand hoorde haar. Pas na tien minuten miste de juf haar en verklapte een van de kinderen de in eerste instantie zo grappig bedoelde schuilplaats. Toen de juf haar uit haar benarde positie bevrijdde, vond ze Tess in tranen. De juf tilde haar op en bracht haar terug naar de klas. Daar werd ze door Michiel en Eleonora keihard uitgelachen. 'Stomme meid, bangeschijt!' riepen ze. Met een blik waar de minachting vanaf droop, keken ze Tess aan. De juf werd ongelofelijk boos en gaf de tweeling straf. Maar bij Tess gebeurde er juist iets anders. Haar tranenstroom stopte subiet en op dat moment besloot ze om zich nooit, maar dan ook nooit meer 'stomme meid bangeschijt' te laten noemen. Vanaf die dag besloot ze alles te durven, zelfs als ze het eigenlijk niet durfde. En nu stond ze hier, boven op een brug waar nog een andere bungeejump bleek te zijn, een waarbij je een huizenhoog ravijn in sprong.

'Mijn god...' stamelde Tess, terwijl ze in de onmetelijke diepte staarde.

Sunny had Tess en Sue hier mee naartoe genomen. Een verrassing, had hij tegen Tess gezegd. Tess was stiknieuwsgierig geweest, maar hij had verder niks willen vertellen, hoe lief ze hem ook had aangekeken.

Nu ze hier stond, wilde ze dat ze elf jaar geleden die belofte om alles te durven niet aan zichzelf had gedaan. Dat ze gewoon een bangeschijt mocht zijn en dat dat helemaal oké was. Het was toch te gek dat een tweeling van zes je nog steeds zo boos kon maken dat je van een brug van honderdachtendertig meter hoog wilde springen? Maar als ze aan hun arrogante rotkoppen terugdacht (die met het verstrijken der jaren steeds arroganter waren geworden), kon ze ze nóg killen.

'Je bent gek!' gruwde Sue, die al bijna duizelig werd als ze boven op een stoel stond. Ze had net even over het randje van de brug gekeken en was doodsbenauwd weer naar achteren gestapt.

'Gatverdamme!' had ze geroepen. 'Al kreeg ik er een miljoen voor!'

'Nou, voor een miljoen zou ik wel drie keer springen,' had Tess nuchter vastgesteld. Ieder ander moest hier honderd euro voor betalen, zij mocht gratis. 'Het lijkt wel of-ie je zit te paaien,' had Sue haar nog gewaarschuwd toen ze bij de brug waren gearriveerd. 'Zodat-ie je uiteindelijk toch zijn bed in kan krijgen.'

Maar Tess had niet gereageerd. Ze wist zelf niet eens wat ze wel en niet wilde. De avond tevoren, toen Sunny haar na haar ruzie met Sue had verteld dat hij de volgende dag een verrassing voor haar had, had hij haar handen om haar gezicht gelegd en haar met zijn diepblauwe ogen ernstig aangekeken. Ze was er totaal door van slag geraakt. Woest was ze op zichzelf geworden – wat bezielde haar? Als hij haar op dat moment had gezoend, zou ze als was in zijn handen zijn geweest. Maar dat had hij niet gedaan. Zoals gewoonlijk had hij haar na een lichte aarzeling een handkus gegeven en was hij weer vertrokken.

En nu stond ze hier. Op een brug van bijna honderdveertig meter hoog waar ze binnen enkele ogenblikken vanaf zou springen. Ze wierp nog één blik naar beneden. Haar hart bonkte in haar keel. Ze sloot haar ogen en haalde diep adem. Toen slaakte ze een oorverdovende schreeuw en liet zich naar voren vallen.

27

'Mijn god,' fluisterde Sue toen Tess de diepte in duikelde. Sunny was naar de voet van het klif gegaan om Tess daar na haar sprong weer op te halen. Jerry, een Australische vriend van Sunny die met hen mee was gekomen, sloeg een arm om Sues schouders. *'Don't worry, she'll manage.'*

Sue zuchtte diep. *'Yes, I know...'* Ze hief haar hoofd naar hem op. Jerry was een knappe gast, ze kon niet anders zeggen. Hij was op doorreis van India (waar hij een meditatiecursus had gedaan) naar Engeland, waar hij momenteel woonde. Onderweg deed hij zijn vriend Sunny aan, die hij vijf jaar geleden hier had ontmoet, toen Sunny nog maar net bij Star Beach werkte. Jerry was negenentwintig en daarmee volgens Sues standaard tien jaar te oud (en wat moest ze met een jongen die naar India ging voor een meditatiecursus, maar tegelijkertijd ook in Chersonissos kwam? Dat kon ze niet met elkaar rijmen), maar zijn halflange blonde haar, zijn zongebruinde en mooi gespierde lijf en zijn dromerige groene ogen maakten meer in haar los dan ze wilde toegeven.

Hij keek haar aan en glimlachte. Toen trok hij haar dichter tegen zich aan en begon haar te zoenen.

'Dus terwijl ik doodsangsten aan het uitstaan ben, sta jij met die gast te lebberen?' riep Tess zogenaamd verontwaardigd uit, nadat ze door Sunny weer bij het hotel waren af gezet zodat ze hun spullen konden pakken voor de verhuizing naar Gingers appartement.

'Alsof zoenen met een negenentwintigjarige Australiër die net een meditatiecursus heeft gedaan in India niét eng is!' zei Sue een beetje lacherig.

'Pas maar op,' waarschuwde Tess, terwijl ze haar koffer – waar ze alle spullen in had gesmeten zonder eerst iets op te vouwen – probeerde dicht te krijgen. 'Misschien doet hij ook wel aan Kama Sutra, die Indiase seksstandjes, en wil hij je dat wel leren.'

Sue ging met haar tong langs haar bovenlip en nam een houding aan alsof ze een vrouw was in een sekslijncommercial. 'Nou, als dát zou kunnen...' zei ze kreunend.

'Gèt, wat ziet jíj er onsmakelijk uit zo,' zei Tess.

Sue nam een nog onsmakelijkere houding aan.

'Zo beter, schat?'

'Ga jij je spullen nou maar pakken,' zei Tess nuchter, terwijl ze naar Sues nog oningepakte koffer keek. '*Ginger is dying to see us.*'

Gelukkig konden ze weer met elkaar lachen. 'Ik weet niet waarom ik zo kwaad werd,' had Tess gezegd toen ze het nog diezelfde avond hadden goedgemaakt.

'Ik wel,' zei Sue. 'Omdat ik een gevoelige snaar raakte.'

Tess had daar niet op gereageerd, waardoor Sue genoeg wist.

'Ik heb er echt zin in om bij Ginger te gaan logeren,' zei Sue nu overdreven vrolijk. Ze maakte een opgetogen huppelpasje op de plaats. 'Ik vind haar helemaal tóp!' Ze stak hierbij haar duim omhoog.

Tess schoot in de lach en zette haar koffer op zijn kant. Ze had hem eindelijk dicht.

Ze keek de hotelkamer rond. 'Zo kamer, je zult ons wel missen.'

'Nou,' zei Sue. 'Deze kamer heeft ons wel minstens vier uur per nacht gezien.'

'Eens kijken hoeveel tijd Gingers appartement ons gaat zien,' zei Tess grinnikend, terwijl ze het handvat uit de bovenkant van haar koffer trok en hem op zijn wieltjes naar de deur rolde. Toen piepte haar mobiel.

ALLES OKÉ? NIET MEER VERSLAPEN, GEEN STOUTE DINGEN GEDAAN EN ALLEEN FANTA GEDRONKEN? LAAT EVEN IETS VAN JE HOREN.

XXX RENÉ

Wat zou Tess haar vader graag vertellen over haar sprong van vanmiddag. Maar hij wist nog niet eens dat ze twee keer van een hijskraan was gesprongen, laat staan dat ze hem nu zou vertellen over de sprong van een brug.

Wat was ze trots op zichzelf geweest... Op het moment dat haar voeten loslieten had ze het bijna in haar broek gedaan, en tijdens de val had ze het uitgeschreeuwd, maar het was een schreeuw geweest van angst en opperste vervoering tegelijk. Je kon zoiets niet beschrijven, je moest het zelf meemaken om te weten hoe het voelde. Natuurlijk waren de bungeejumpjongens supertrots op haar en ook Karen begreep het helemaal, zei ze tijdens het korte telefoontje dat Tess had gepleegd. Karen zei dat ze wou dat ze nog op Kreta zat en dat ze Tess had kunnen horen springen. En ook dat ze Nikos miste en wilde dat het al september was, als hij weer terug zou zijn in Nederland.

Tess zuchtte. Ze moest het certificaat en het T-shirt waarop stond dat ze deze sprong had gemaakt, goed voor René verborgen houden. Dat ze dit voor hem moest verzwijgen, terwijl ze in haar hart eigenlijk het liefst alles aan hem zou willen vertellen, vond ze moeilijk. Toch kon het niet. Als hij hierover zou horen, zou ze op het eerste het beste vliegtuig naar huis worden gezet. Met snelle vingers toetste ze een gevat antwoord in:

Gevaarlijke dingen, wat zijn dat? Wij werken als paarden, leggen ons geld keurig opzij voor als we later gaan studeren en drinken alleen limonade met een rietje. Want o, o, als je toch ziet wat hier allemaal gebeurt, dat wil je niet weten!
    xxxS.

Het antwoord luidde:

Nee, dat wil ik geloof ik inderdaad niet weten... Maar het stelt me gerust dat jullie alleen limonade met een rietje drinken, dat scheelt weer een slapeloze nacht. Ik bel je snel, kus, R.

'Ja jemig, wat een dump,' mopperde Sue toen Ginger de deur openduwde van de kamer waar de twee meiden tijdelijk onderdak hadden. De kamer was niet groter dan twee bij drie en er stonden twee bedden in en een kledingkast. Het ene bed kon je niet bereiken zonder eerst over het andere bed heen te moeten stappen.
    'This is it,' zei Ginger. 'No more, no less.'
    Nee, minder moest er nog bij komen, dacht Tess. Ze hadden gewoon zelf op zoek moeten gaan naar een appartement. Dan maar betalen.

Zuchtend ging Sue op het voorste bed zitten, dat flink was doorgezakt en vol zat met kringen en vlekken. Er lagen opgevouwen lakens op het voeteneinde, maar er was nog niks opgemaakt.

'En de badkamer ziet er ook al zo aantrekkelijk uit,' schamperde Sue.

Ginger had de meiden dan wel gewaarschuwd dat ze het appartement schoon en netjes moesten houden, maar de prullenbak waar je je gebruikte wc-papier in moest doen (in het begin van hun vakantie vonden Tess en Sue dat maar smerig, maar het wende snel), zat bomvol en stonk, het bad leek al maanden geen druppel schoonmaakmiddel meer te hebben gezien en ook in de keuken was het een bende. Er stonden tig kopjes met op de bodem de prut van Griekse koffie en er stond geen schoon bord meer in de kast.

'*And the key,*' zei Ginger, terwijl ze Sue een sleutel gaf.

'*Only one?*' vroeg Tess verbaasd. In het hotel was het ook al zo lastig geweest om maar één kamersleutel te hebben, dan moest je steeds alles samen doen en dat wilde je niet altijd. In het hotel hadden ze de kamer dan ook maar vaak opengelaten. Hier kon dat natuurlijk niet.

Maar Ginger antwoordde kortaf: '*Only one, and don't lose it.*'

'Oké, stomme trut,' mompelde Sue.

Ginger liep de kamer weer uit.

'*Be on time the day after tomorrow,*' zei ze nog. Ze had overduidelijk de pest in dat de meiden twee vrije dagen hadden weten te scoren bij Sunny.

'O, ja, we moeten overmorgen weer werken...' zei Sue, die zo genoot van wat vrije tijd, dat ze bijna zou vergeten waarom ze hier was.

'Inderdaad, we moeten straks weer werken,' zei Tess. 'Laten we er dus nog maar even van genieten.' Ze tilde haar koffer op, legde die op een van de bedden en ritste hem open. 'Vanavond kijken we wel wie waar slaapt.'

28

'*Go, girl!*' riep Jerry, terwijl Sue zich krijsend op haar tegenstandster stortte.

De twee meisjes waren al een poosje met elkaar in gevecht en waren inmiddels tot aan hun kruin bedekt met glibberige modder. Onder luid gejuich van de toeschouwers had Sue haar tegenstandster al van haar bikinitopje weten te ontdoen, waardoor ze alleen nog in een minuscuul broekje in de modder stond. Sterk als ze ondanks haar frêle uiterlijk was, had Sue haar eigen topje nog weten aan te houden. Niet dat dat nog veel uitmaakte: door de modderlaag waarmee haar lichaam was bedekt, was er nauwelijks meer iets van haar goudbruine bikini te zien.

Even keek ze naar Jerry, met wie ze na het bungeejumpavontuur van Tess nog een paar keer had gezoend. Een kort moment bracht de glimlach die Jerry haar schonk haar aan het wankelen, maar toen richtte Sue zich weer met al haar aandacht op haar tegenstandster en duwde haar met een bulderende schreeuw omver.

'*Yeah, you've got balls!*' riep Sunny, zijn rechterarm om Tess' middel geslagen.

Tess genoot. Sunny was vanavond onverwacht open en spontaan tegen haar geweest, op het flirterige af. Heimelijk verlangde Tess naar zijn armen om haar heen en zijn lippen op de hare. Als hij alleen al naar haar keek, stond ze in vuur en vlam. Ze wist niet of ze dit ooit eerder zo sterk had gevoeld. Soms kreeg ze het idee dat hij hetzelfde voelde, maar dan ineens stelde hij zich weer afstandelijk op, een houding die haar steeds meer in verwarring bracht. Als ze verstandig was geweest, had ze dit baantje helemaal niet aangenomen en zat ze nu – met haar gevoelens veilig opgeborgen – weer in Amsterdam. Maar dat had ze niet gedaan, en de gevoelens die ze voor Sunny koesterde, waren alleen maar sterker geworden.

De tegenstandster van Sue had zich intussen luid lachend gewonnen gegeven en schudde Sue sportief de hand.

'*And the winner is…*' Sues naam werd niet omgeroepen, maar in plaats daarvan werd ze *the golden girl* genoemd.

Sue, die zich nog nooit zo vies had gevoeld en nooit had gedacht dat ze daar zo van zou genieten, was nu helemaal blij dat ze zichzelf op de goudbruine bikini had getrakteerd. Hij was veel te duur geweest, maar ze had het niet over haar hart kunnen verkrijgen om hem te laten hangen. 'Wie weet waar ik hem nog eens voor nodig heb,' had ze gezegd. Dat ze zichzelf er met zoveel plezier mee in de modder zou wentelen, had ze op dat moment nooit kunnen vermoeden.

Sue veegde een kluit modder van haar gezicht en stak toen haar armen triomfantelijk in de lucht. Het gouden meisje, dat vond ze eigenlijk wel een mooie titel.

Terwijl Sue zich ging douchen en omkleden en Jerry aan het dansen was geslagen met een Duits meisje dat hij aan zijn houding te zien wel érg aantrekkelijk vond, wandelden Tess en Sunny een stukje langs de branding. Sunny had zijn slippers uitgedaan en liep blootsvoets door het water. Plotseling pakte hij Tess' hand en draaide zich naar haar toe. '*Listen…*' zei hij. Toen aarzelde hij. Alsof hij haar iets had willen vertellen, maar op het laatste moment besloot dat toch niet te doen.

'*Yes?*' vroeg Tess iets gretiger dan ze had willen laten merken.

Sunny keek haar even aan en schudde toen zijn hoofd.

'*Not important...*' zei hij kortaf.

'*Yes, tell me!*' drong Tess aan, die het niet kon uitstaan als mensen iets eerst wel, maar later toch weer niet wilden vertellen.

Maar Sunny maakte een wegwuivend gebaar.

'*Nothing,*' zei hij.

Abrupt draaide hij zich om en sloeg een arm om haar heen.

'*Let's dance.*'

29

'*You like it here?*' vroeg Jerry, nadat Sue zich loom had uitgestrekt op haar oranje stranddoek. Sue keek hem even van opzij aan en sloot toen haar ogen.

'*Hmm…*' zei ze dromerig. '*Yeah, very much.*'

Het was waar. Ondanks het harde werken, hun *bitchy boss*, de drukte en de verzengende hitte had Sue het hier prima naar haar zin.

Ze waren die ochtend pas om zes uur thuisgekomen van het uitgaan en waren op onopgemaakte bedden in slaap gevallen. Maar het was zo warm dat ze om halfelf alweer wakker waren geworden. Ze hadden besloten wat van hun vrije dag te maken en op hun brommertje een eindje de bergen in te rijden. Ze waren stomverbaasd geweest dat het zo dicht bij het overvolle Chersonissos zo rustig kon zijn. Hier hoorden ze alleen natuurgeluiden (tenminste, als ze hun brommer afzetten): vogeltjes, blaffende honden, het gemekker van geiten en daartussendoor het aanhoudende getsjirp van krekels, die van zich lieten horen alsof hun leven ervan afhing. De warme zomerzon, de staalblauwe hemel, berghellingen vol diepgroene olijfbomen, de geur van verse kruiden – al hun zintuigen kwamen hier ruimschoots aan bod.

Onderweg hadden ze in een dorpje, dat uit niet meer dan tien huizen bestond, bij een *kafenion* een ijsje gekocht. Aan het café, waar een paar oude mannetjes aan een piepklein kopje Griekse koffie en een glas water zaten, was zo te zien al jaren niets meer gebeurd en het meubilair was zo oud dat het als je er alleen al naar keek uit elkaar zou kunnen vallen. Uit de grote vrieskist in een groezelige hoek van het café konden de meisjes kiezen uit drie soorten waterijsjes, waarvan de wikkels zo waren verkleurd dat ze zich afvroegen of de houdbaarheidsdatum niet allang was verstreken. Het oude, bijna tandeloze vrouwtje dat met hen afrekende, had wat Grieks gebrabbeld waar ze niets van begrepen, maar de glimlach die ze hun had geschonken was internationaal en Tess en Sue hadden dezelfde internationale glimlach teruggegeven.

Tess had het geweldig gevonden. 'Wat een andere wereld,' had ze gezegd. 'Ik ben blij dat die lallende toeristen niet verder kijken dan hun neus lang is.'

Ze hadden hun ijsje op een van de gammele houten stoeltjes opgegeten en genoten van de stilte. Ze waren hier nu ruim twee weken en hadden nog bijna geen rustig moment gehad. Niet dat ze hier waren om het rustig te hebben, maar deze afwisseling was zeer welkom.

Toch begon het na een paar uur te kriebelen en kregen ze wel weer zin in zee en strand. Op de terugweg waren ze een hond aan een ketting tegengekomen, boven op een hok dat nauwelijks een hok te noemen was. Een oude ijzeren ton was het, meer niet.

'Wat zielig...' zei Tess. Als het aan haar lag, nam ze elke zwerfhond die ze tegenkwam mee en hadden ze thuis allang een kennel gehad. Maar na de dood van hun oude hond wilde René er niet opnieuw aan beginnen. 'Dan ben ik weer de pineut die hem steeds mag uitlaten,' had hij gezegd. Ondanks het tegensputteren van Tess en haar zus die dolgraag een puppy wilden ('Wij zullen hem echt uitlaten, echt waar, pap, please, please?'), was er toch geen nieuwe hond gekomen. Nu Tess hier op Kreta al die honden zag, waarvan minstens de helft geen baasje scheen te hebben, vond ze het moeilijk om ze niet stuk voor stuk onder haar hoede te nemen. Als ze rijk was, zou ze hier een asiel starten. Gelukkig was ze niet rijk. Wat moest ze op haar zestiende op Kreta met een asiel?

Toen ze terugkwamen, waren ze Sunny en Jerry tegengekomen en met Sunny's speedboot naar het baaitje gevaren waar ze al eens eerder waren geweest.

Ook deze keer was er niemand anders dan zij, een ongekend fenomeen in zo'n populair toeristisch gebied als dit.

'*The best kept secret of this area,*' zei Sunny. Tess en Sue waren blij dat hij dit goed bewaarde geheim met hen wilde delen.

Nu Sue hier lag, op het warme zand, onder een wolkeloze hemel en met uitzicht op een azuurblauwe zee, kon ze zich niet gelukkiger wensen. Als ze eerlijk was miste ze Eric nog steeds, maar daar wilde ze niet te veel aan toegeven. Ze was nu hier, met Jerry, die zijn hand op haar buik legde en haar zachtjes kriebelde.

Mmm, dacht Sue, terwijl ze haar ogen sloot. Van haar mocht hij daar nog wel even mee doorgaan.

Een stukje verderop keek Tess uit over de zee en zag de zwarte snorkel van Sunny boven het water uitsteken. Ze vroeg zich af of ze naar hem toe zou zwemmen, maar ze aarzelde. Tot nu toe had hij nog vrijwel geen versierpoging ondernomen en ze snapte daar niks van. Het was overduidelijk dat hij haar leuk vond, meer dan leuk zelfs, maar ondanks de spontaniteit en openheid die hij gisteravond in eerste instantie aan den dag had gelegd, had hij zich daarna weer als een oester gesloten.

Tess ging rechtop zitten. Ineens had ze er genoeg van. Waarom nam ze zelf het initiatief eigenlijk niet? Waarom mocht ze niet gewoon zoenen met iemand die ze leuk vond, ook al was hij zesendertig? Het was vakantie! Met een plotseling slagvaardige houding stond ze op, deed haar zonnebril af, trapte haar slippers uit en rende in één keer het water in.

Met behendige slagen zwom ze naar Sunny toe, die net op dat moment bovenkwam.

'*Hey!*' riep hij enthousiast, terwijl hij zijn snorkel afzette. '*You have to see these fish!*'

Terwijl hij haar zijn snorkel aanreikte, streek zijn arm langs de hare. Er ging een tinteling door haar heen. Maar in plaats van haar armen om hem heen te slaan zoals ze van plan was geweest, pakte ze zijn snorkel aan, deed het mondstuk in en dook onder water. Op het moment dat ze dat deed, had ze er al spijt van. Ze kon zichzelf wel schieten, waarom durfde ze gewoon niet de eerste stap te zetten? Maar toen werd haar aandacht getrokken door iets anders en sperde ze haar ogen wijd open.

Overal om haar heen zwommen de prachtigste vissen, van geel tot oranje tot dieprood. Wauw, wat was dit mooi! De vorige keer dat ze hier waren, hadden deze vissen zich niet laten zien. In één klap vergat ze Sunny en de wereld boven zich, en ze vergaapte zich aan het prachtige schouwspel om haar heen. Met lome bewegingen waaierde ze haar armen door het water. Zacht trappelend met haar voeten ademde ze rustig door haar mondstuk in en uit. Wat een andere wereld onder water, zo stil en sereen. Ik wil leren duiken, dacht ze ineens. De gedachte alleen al deed haar hart sneller kloppen. Zoveel dingen die ze nog wilde doen, van parachutespringen tot autoracen, maar aan duiken had ze nog nooit gedacht.

Ze stak haar hand uit en probeerde de vissen aan te raken, maar ze schoten alle kanten op en lieten zich niet door een mensenhand beroeren. Rustig veranderde Tess van koers en zwom een stukje verder. Toen hield ze stil en stokte haar adem...

30

'So, *what do you like about meditation?*' vroeg Sue. Jerry's hand was niet doorgegaan met kriebelen, maar lag stil op haar buik en ze voelde een lome opwinding door haar lichaam trekken.

'*Ah...*' antwoordde Jerry. Hij nam een pauze, richtte zich half op en vertelde toen dat meditatie hem rustig maakte, dat hij daardoor had geleerd betere keuzes te maken en dat hij nu veel bewuster leefde.

Wat doet hij dan in een oord als dit? vroeg Sue zich voor de zoveelste keer verbaasd af. Ze had hem de avond daarvoor in een club meegemaakt, waar hij (zonder een druppel drank overigens, de enige in heel Chersonissos die dat voor elkaar krijgt, had ze nog gedacht) volledig uit zijn dak was gegaan. Wat deed hij in godsnaam op een plek waar het er de meeste mensen alleen maar om te doen was om te feesten, en waar niemand eropuit was om zich rustig te voelen, goede keuzes te maken of bewust te leven?

Sue keek Jerry aan en stelde haar vraag hardop.

Jerry glimlachte. '*Well...*' zei hij bedachtzaam. '*Life is everything: black and white, darkness and light, noise and quiet, left and right, day and night.*' Hij grijnsde. '*And all that lies between.*' Hij ging weer liggen, legde zijn handen onder zijn hoofd en sloot zijn ogen. Hij vervolgde dat hij het hele leven wilde leven, niet alleen één kant ervan. En dat hij net zo kon genieten van een zweverig meditatieclubje in India als van het ordinaire feestgedruis in Chersonissos. Hij draaide zijn gezicht weer naar haar toe.

'But right now this beach and you are the best,' zei hij. Toen kuste hij haar.

31

Stil zweefde Tess door het water. Met een nieuwsgierige blik keek de dolfijn haar aan, draaide een kwartslag, zwom een eindje van haar weg en kwam toen weer terug.

Ook Sunny was weer onder water gedoken en gleed nu zonder snorkel, maar met een blik vol vervoering, vlak naast Tess door het water. Heel langzaam stak hij zijn hand naar de dolfijn uit. Maar het dier bleef waar het was. Nu stak Tess haar hand uit. De dolfijn keek haar aan en kwam heel langzaam dichterbij. Tess hield haar hand doodstil, bang om de dolfijn weg te jagen. Nog een paar centimeter, dan zou ze hem kunnen aanraken. Maar plotseling draaide de dolfijn zich om en schoot weg.

Sunny gebaarde Tess dat hij naar boven moest om adem te halen.

Hij was nog niet met zijn hoofd boven water, of de dolfijn kwam weer terug. Hij scheerde vlak voor Tess langs. Ze stak opnieuw haar hand uit. Nu liet hij zich aanraken...

Tess' ogen schoten vol. Ze had hier vaak over gedroomd, maar haar droom stopte altijd net op het moment dat ze de dolfijn wilde aanraken. Zachtjes aaide ze zijn vel, dat onverwacht stevig, maar glad aanvoelde.

De dolfijn liet zich een paar keer aaien, keek haar nog een keer aan, piepte en maakte zich toen met een ferme staartbeweging uit de voeten. Nog een paar minuten bleef Tess onder water. Maar de dolfijn kwam niet meer terug.

Tot hun middel in het water stonden Tess en Sunny over de zee uit te kijken.

'*Unbelievable…*' zei Sunny langzaam, die net had verteld dat hij hier nog nooit een dolfijn had gezien. Hij had met dolfijnen gezwommen in Israël en op Hawaii (tuurlijk, dacht Tess, opschepper), en hij had ze aan de zuidkust van Kreta wel gezien, maar hier nog nooit.

Tess was er stil van. Toen ze de dolfijn aaide, was er een merkwaardige rust over haar gekomen, alsof ze niets meer moest of hoefde en alsof alles goed was. Nu ze naast Sunny in het water stond, ebde die rust weer weg en voelde ze dat het haar niet langer lukte om haar gevoelens voor hem te verbergen.

Ze keek hem aan, sloeg haar armen om zijn nek en drukte zich tegen hem aan. '*I'm sorry,*' zei ze toen. '*May I kiss you?*'

32

'Echt?' riep René, die haar die avond belde en aan wie ze meteen het verhaal over de dolfijn vertelde. Hij vond het wonderlijk dat een dolfijn zo dichtbij was gekomen, vooral omdat ze zich aan de noordkant van het eiland bijna nooit lieten zien. Maar hij vond het geweldig voor Tess dat ze dit had meegemaakt.

'Echt?' riep ook Sues vader, die blijkbaar telepathische vermogens had en kort daarna een telefoontje met zijn dochter pleegde ('Het lijkt wel papa-avond,' zei Tess). Sue was blij dat ze het dolfijnverhaal aan hem kon vertellen. Dat leidde mooi af van het hoge vunzigheidsgehalte hier in Chersonissos, waar ze dan wel niet helemaal aan meededen, maar toch meer dan haar vader op prijs zou stellen.

Natuurlijk hadden hun ouders hun niet voor niets condooms meegegeven en wisten ze best dat hun dochters hier niet op limonade met een rietje zaten, maar wat ze wél allemaal door een rietje dronken, konden hun ouders beter niet weten...

De avond ervoor hadden Sue en Tess nog meegedaan aan een *contest* waarin twee groepen van zes mensen een enorme schaal sangria moesten proberen leeg te drinken. Tess en Sue behoorden tot de groep die de schaal als eerste leeg had en dus won. Weer een kralenarmbandje erbij. Wie op een avond de meeste armbandjes won, mocht gratis een bungeejump maken. Niet dat Tess daar op dit moment op zat te wachten, drie sprongen vond ze voorlopig wel genoeg. Als ze aan haar *cliffdive* dacht, brak het zweet haar met terugwerkende kracht uit. Ze was ontzettend trots dat ze het had gedaan en ze had er totaal geen spijt van, maar voorlopig hield ze liever vaste grond onder haar voeten.

Sue en Tess deden trouwens niet aan genoeg wedstrijden mee om voldoende armbandjes in de wacht te slepen. Aan *wet T-shirt contests* waagden ze zich niet (Sue omdat ze vond dat ze daarvoor te kleine borsten had, Tess omdat ze daar niet vrij genoeg voor was), net zomin als aan bikinishows (zelfde redenen) of aan de 'wie kan de meeste shots achterover slaan'-*contests*. Door de laatste hadden ze al een paar mensen compleet knock-out zien gaan, dank je wel.

Maar vanavond gingen ze naar een club die Oxigen heette en hadden ze besloten flink uit hun dak te gaan, ook al moesten ze de volgende dag weer werken.

'Dus je vermaakt je wel?' stelde Sues vader vast, nadat ze Tess' dolfijnverhaal in geuren en kleuren had verteld.

'Natuurlijk, het is hier geweldig!' riep Sue.

'Geen vervelende kerels?' vroeg John door. Zijn stem klonk ongerust.

'Natuurlijk wel,' antwoordde Sue eerlijk. 'Maar ik heb niet voor niks poekoelan gedaan toen ik zeven was.'

Ze wist zich nog goed te herinneren hoe John haar daar een jaar lang wekelijks naartoe had gebracht en hoe hij had genoten van al die kindertjes in witte gevechtspakken die via dierenbewegingen deze Indonesische gevechtskunst onder de knie probeerden te krijgen.

'En al die technieken die je toen hebt geleerd, zet je nu natuurlijk in,' zei John.

'Ja, de Aap en de Tijger en niet vergeten de Slang,' zei Sue.

'Maar de laatste is een seksueel symbool en ik weet dus niet of je daar blij mee moet zijn.' Ze waagde zich op glad ijs, want ze wist dat haar vader het maar niks vond dat meisjes van haar leeftijd "het" al deden.

John lachte. 'Als jij een kerel die jou lastigvalt als een anaconda in de wurghouding kunt nemen, dan lijkt me dat juist een goeie.'

Die reactie had Sue niet verwacht. Haar vader had een goed gevoel voor humor – die hij naar haar smaak niet genoeg inzette – maar het overbeschermende gedrag dat hij vaak vertoonde, kon haar mateloos irriteren.

'En als ik nou liever die verleidelijke slang ben die uit haar mandje omhoog komt kronkelen?' ging ze door.

'Dan hoop ik dat je een condoom gebruikt.'

Het hoge woord was eruit.

'Dat was het dus,' zei Sue. 'Je bent bang dat ik het niet veilig doe.'

'Nou...' zei John zuchtend. 'Al *googelend* kwam ik langs een site waarop jongeren hun ervaringen in Star Beach met elkaar delen en eerlijk gezegd werd ik daar niet vrolijk van.'

'O?' zei Sue. 'Die site ken ik niet.'

'Wat een goor gepraat, het gaat alleen over drank en seks, om kotsmisselijk van te worden!' riep John geëmotioneerd uit. 'Doe jij daar ook aan mee?'

Sue zuchtte. 'Nee pap, ik doe daar niet aan mee. Niet op die manier, tenminste. En als je het wilt weten: de twee keer in mijn leven dat ik het heb gedaan, heb ik een condoom gebruikt.' Die ene keer met Eric verzweeg ze hiermee. Twee keer vond haar vader voor een meisje van zestien vast al genoeg. Met Eric was Sue uiteindelijk één keer naar bed geweest en ze had zich niet eerder zo verlegen gevoeld. Dat had ze nooit verwacht. Toen ze hem nog maar net kende en die ene nacht met hem op het strand had doorgebracht, had ze zich vrijer met hem gevoeld dan toen het er uiteindelijk echt van kwam. Misschien kwam dat wel doordat ze – ook al gaf ze dat maar moeilijk toe – verliefd op hem was geworden. Verliefd zijn maakt je kwetsbaar, wist ze, en eigenlijk was ze er niet zeker van of ze dat wel wilde.

'Hmm...' bromde haar vader. 'Ik had het nooit goed moeten vinden, dit hele plan. Wat zijn jullie nou helemaal. Zestien...'

Op de achtergrond hoorde Sue haar moeder iets zeggen.

'Ja, ja, Eva,' mompelde John. 'Je krijgt haar zo.'

Even was het stil. 'Maar goed, ik héb er nu eenmaal mee ingestemd, niks meer aan te doen,' vervolgde John toen. 'Pas je goed op jezelf?'

'Ja, pap...'

'Oké lieverd, hier is je moeder.'

Sue schrok er bijna van. Ze kon zich niet herinneren dat John haar voor het laatst lieverd had genoemd. 'Ik ben een Brit,' zei hij wel eens gekscherend. 'Die uiten hun gevoelens niet zo makkelijk.' 'En daarom ben je met een Nederlandse getrouwd,' zei Eva dan. 'Om dat te leren.'

Het lijkt wel alsof hij het nu aan het leren is, dacht Sue. Op de achtergrond hoorde ze haar vader de telefoon aan Eva geven, maar ze verstond niet wat ze tegen elkaar zeiden.

'Dag schat,' klonk even later Eva's stem. 'Hoe is-ie?'

Ineens had Sue het het liefst uitgeschreeuwd. Dat ze verliefd was geworden op een Nederlandse jongen en dat ze hem miste en dat ze misschien wel het liefst naar huis wilde om hem weer te zien. Maar ook dat ze in de war was omdat ze een Australiër had leren kennen die ze ook heel leuk vond en dat ze daarnaast ook met een paar andere jongens had gezoend en dat ze zich afvroeg of ze niet écht de slet was waar Tess haar wel eens voor uitmaakte. Dat het hier één grote versierclub was en dat ze niet meer wist of dat nou normaal was of niet, en dat ze eigenlijk helemaal niet wist of ze daar wel bij wilde horen. Dat John misschien wel gelijk had met zijn bedenkingen bij dit soort dingen. Maar ook dat ze het heerlijk vond om met een leuke jongen te zijn, en dat ze alleen niet altijd goed wist waar haar grenzen lagen.

Maar niets hiervan sprak ze uit. In plaats daarvan riep ze: 'Het is echt gaaf hier!' Daarmee was op dit moment in feite alles gezegd.

'Geen vervelende dingen gebeurd?' wilde Eva weten.

'Nou ja, een keer verslapen,' flapte Sue eruit. 'Maar daar hebben we ons uit weten te praten,' zei ze er snel achteraan. 'En we feesten heftig, maar dat kan bijna niet anders hier, en natuurlijk drinken we net iets meer dan goed voor ons is, maar anders hoor je er niet bij...' Even twijfelde ze of ze dit wel had moeten zeggen, maar ze moest toch íéts vertellen. Als ze alleen met brave verhalen aan zou komen, zou haar moeder zeker argwaan krijgen. Eva was niet achterlijk. Als je zelf op je vijftiende van huis bent weggelopen omdat je het daar niet meer uithield vanwege de strenge regels, weet je heus wel wat er in de wereld te koop is.

'Nou, schattebout,' sloot Eva even later het telefoongesprek af, 'heel veel plezier verder, en als er wat is, kun je me bellen. Dat weet je, hè?'

'Ja mam, dat weet ik.'

Ze zeiden elkaar gedag en hingen op.

'Zo,' zei Sue, terwijl ze Tess een knipoog gaf. 'Die houden zich wel weer even koest...'

'Ze zullen wel moeten,' zei Tess. 'Ze kunnen ons hier moeilijk weghalen.'

'Nou, René zou dat wel kunnen doen,' zei Sue.

Tess haalde haar schouders op.

'Nog even, dan zit-ie weer in het vliegtuig.'

'En dan hebben we het eiland weer voor ons alleen,' zei Sue.

Tess grinnikte. 'Ja, samen met nog een paar honderdduizend andere mensen.'

Die nacht droomde Tess over drie dolfijnen die om de beurt nieuwsgierig met hun snuiten in haar buik prikten. Een van de dolfijnen veranderde ineens in Sunny. Hij boog zich voorover om haar te kussen. Zijn lippen beroerden de hare nog maar net toen hij zijn hoofd weer terugtrok en haar bedroefd aankeek.

'*Sorry,*' zei hij. '*I can't...*'

Met een schok werd Tess wakker. Die middag was hetzelfde gebeurd. Hij had haar kort gekust, maar toen was hij gestopt, had zijn handen om haar gezicht gelegd en haar ernstig aangekeken.

'*It's not you,*' had hij gezegd. '*If you only knew how much...*' Hij had zijn zin niet afgemaakt. En ze had zich te verward gevoeld om hem nog iets te durven vragen...

33

Ze waren die ochtend precies op tijd. Als ze nog in het hotel hadden gezeten, was dat waarschijnlijk niet gelukt, maar nu ze zo dicht bij Star Beach woonden, redden ze het net.

Ginger was al weg toen zij opstonden. Of was ze niet eens thuis geweest? Ze hadden haar überhaupt nog nauwelijks gezien in het appartement. De vuile vaat stond nog opgestapeld op het aanrecht en Sue en Tess hadden zich niet geroepen gevoeld om daar verandering in aan te brengen. Ze hadden een paar keer thee gedronken uit mokken die ze gratis hadden kregen bij drie pakken sinaasappelsap, maar die mokken bewaarden ze voor de zekerheid maar in hun eigen kamer. Verder hadden ze buiten de deur gegeten, wat natuurlijk een stuk duurder was, maar dat kon hun niet schelen. Met het geld dat ze hier verdienden (ze kregen per week uitbetaald), kon dat makkelijk. Alleen deze week al hadden ze ieder inclusief provisie bijna vierhonderd euro verdiend.

Het was tien uur 's ochtends en de bezoekers begonnen binnen te druppelen, vooral ouders met hun kinderen die de hele dag in het kinderparadijs zouden doorbrengen. Voor beide partijen ideaal: de kinderen lekker in het pierenbadje, de ouders in de zon op een gehuurd ligbed.

Tess keek vertederd naar een meisje van een jaar of drie in een blauw gestippeld jurkje en blauwe plastic waterschoentjes. Op haar hoofd droeg ze een rieten zonnehoedje en in haar hand had ze een plastic kindertas met een afbeelding van Tweety erop, die ze droeg alsof ze dametje speelde.

'Zo klein zijn wij ook geweest,' zei Sue, die de blik van Tess kennelijk had opgemerkt.

'Ja, onvoorstelbaar,' zei Tess. Van die leeftijd wist ze zich niets meer te herinneren. Pas vanaf ongeveer vijf jaar kon ze zich beelden voor de geest halen. Misschien was de herinnering aan de toren autobanden zelfs een van haar eerste levendige herinneringen. Of was dat omdat haar vader er nog wel eens over begon, die dit verhaal pas een jaar later van Tess hoorde, toen haar moeder net was overleden en ze er een nachtmerrie over had gehad? René was er erg van geschrokken en vroeg zich af waarom de juf het nooit aan Marijke (zo heette haar moeder) en hem had verteld. 'Misschien had ze het wel aan mama verteld, maar was mama het vergeten aan jou door te vertellen,' had Tess later nog wel eens geopperd. Maar René kon zich dat niet voorstellen. Marijke was niet een vrouw geweest om zoiets te vergeten, daar was ze te zorgzaam voor geweest.

Nu Tess naar dit kleine meisje keek, vroeg ze zich af hoe zij zich ontwikkeld zou hebben als dat voorval met die autobanden niet had plaatsgevonden. Zou ze dan een bangerik gebleven zijn? Toen ze een paar dagen geleden de brug af sprong, had ze een combinatie gevoeld van doodsangst en bevrijding, maar sindsdien brak alleen al bij de gedachte eraan het zweet haar uit. Dat ze dat had gedurfd! Achteraf kon ze het nauwelijks geloven. Het was verreweg het engste wat ze ooit had gedaan en stiekem vroeg ze zich af of ze er ooit nog eens de *guts* voor zou hebben. In de klimhal had ze nooit hoogtevrees, maar ze wist dat ze daar goed gezekerd was en dat degene die onderaan stond het touw op de juiste manier liet vieren. Ze was daar nooit bang. Maar een bungeejump van een brug... Tess wreef met haar hand over haar voorhoofd. Ze wilde er even niet aan denken. Ze keek Sue aan. 'Zullen we straks in de pauze even van een waterglijbaan?'

Sue keek haar verbaasd aan. 'Ik dacht dat je daar na een keer of zes geen bal meer aan vond?'

Tess lachte. 'Ik geloof dat ik er wel weer aan toe ben.' En voor het eerst in haar jarenlange vriendschap met Sue voegde ze daar iets aan toe waarmee ze haar kwetsbaarheid toonde: 'Ik vind die waterglijbaan op dit moment spannend genoeg.'

De hele dag waren ze in touw om tickets te verkopen en daar waren ze goed in geslaagd.

'Zin in een vet strandfeest?'

'Kost dat?'

'Voor jou de speciale prijs van niks goedkoper en niks duurder. Alleen voor jou, dus laat die buitenkans niet schieten.'

(Gelach) 'Okay, verkocht.'

Ze waren er de afgelopen week steeds handiger in geworden. Niet te veel aandringen, ook niet te snel weglopen. Je charmes inzetten, grapjes maken, niet te vriendschappelijk, maar ook niet te afstandelijk: Tess en Sue kregen steeds beter in de gaten hoe je zoiets moest aanpakken. De proppers die bij veel clubs stonden en die je naar binnen probeerden te praten, deden dat naar hun smaak vaak helemaal verkeerd. Dan wilde je soms in eerste instantie wel naar binnen, maar dan deden die gasten zo irritant opdringerig dat je er helemaal geen zin meer in had. Proppers werkten de boel juist vaak tegen, hadden ze het gevoel.

Sue en Tess hadden precies de juiste mix van opdringerigheid en terughoudendheid gevonden om veel tickets te verkopen.

Sunny was daar uitermate tevreden over, maar Ginger gaf geen kick. Geen complimentje kon eraf. Zelfs niet nu ze nog harder hun best moesten doen, omdat de Schotse meisjes inderdaad de derde dag al waren afgehaakt. Het ene meisje was tijdens het werk flauwgevallen van de hitte en Ginger had hun toen meteen de wacht aangezegd. Dit betekende wel dat Tess en Sue nog meer moesten doen, want Ginger had wel opgeschept over dat ze zat andere mensen wist die voor Star Beach wilden werken, maar de zaken lagen in werkelijkheid anders. Veel mensen waren hier op vakantie en moesten gewoon weer terug. Dat hún ouders het goed hadden gevonden dat ze bleven, wilde nog niet zeggen dat alle ouders zo gek waren.

Sue verbaasde zich daar nog steeds over. Na het laatste telefoontje had haar vader haar een paar onverwacht vrolijke sms'jes gestuurd.

HOE IS HET MET MIJN SLANGENMEISJE?

En:

PRAAT JE DAAR HOOGENGELS OF 'SLANG'?

Ze wist zeker dat hij daar zelf om in een deuk had gelegen en Sue had er ook erg om moeten lachen. Ook wist ze zeker dat deze nieuwe luchtigheid de invloed van haar moeder moest zijn geweest. Eva had John er vast op gewezen dat Tess en Sue niet hetzelfde waren als de mensen op die site, en dat bij jong zijn nu eenmaal dingen hoorden die je als oudere niet altijd begreep.

En zo is dat, dacht Sue. Ze schudde de gedachten aan haar ouders van zich af en liep op een groepje mensen af van wie ze vrijwel zeker wist dat ze tickets van haar zouden kopen. Ze zette haar vrolijkste glimlach op.

'Hi, zin in een vet feest?'

'Ik zou twintig uur kunnen slapen,' zei Tess toen ze na een lange, warme werkdag uitgeteld op haar bed neerplofte. Met een diepe zucht sloot ze haar ogen. Haar huid glansde van het zweet en ze zag sterretjes van vermoeidheid.

'Vertel mij wat,' kreunde Sue, die Tess' voorbeeld volgde en met uitgespreide armen ruggelings op haar bed neerviel. 'Ik ben kapot...' Ze ging op haar zij liggen en deed haar ogen dicht. 'Heel even...'

'Nee,' zei Tess resoluut. 'Als we dat gaan doen, weet ik zeker dat we niet meer wakker worden. En ik wil echt Nikos vanavond zien.' Ze was benieuwd wat hij hun te vertellen had. Ze hadden hem na hun vertrek uit het hotel niet meer gesproken, maar vanmiddag had hij hen gebeld om te zeggen dat hij iets met hen wilden afspreken. Hij moest hun iets vertellen. Door de telefoon had hij niet willen zeggen wat.

Tess richtte zich half op. In een flits zag ze het gezicht van Karen voor zich. 'Er zou toch niks met Karen zijn?' vroeg ze zich hardop af. 'Nee,' vervolgde ze meteen. 'Als er iets met haar was geweest, hadden we dat al wel gehoord. Eric heeft je vandaag toch nog ge-sms't?'

Sue knikte en klapte haar mobiel open. Toen ze zijn berichtjes tevoorschijn toverde, verscheen er een glimlach op haar gezicht.

Ze las opnieuw zijn eerste sms in het kleine beeldscherm:

· Lieve zeemeermin, ik mis je, maar niet heus. Zat lekkere wijven hiero, zal ik jou een beetje missen, kom nou!

Hoewel ze zich best een beetje schuldig voelde in verband met Jerry, had ze teruggeschreven dat er inmiddels weer tig nieuwe ladingen lekkere jongens waren binnengevlogen, uit wie ze nauwelijks een keuze kon maken. Natuurlijk had ze het berichtje afgesloten met 'kusje'.

Een paar uur later kwam er een sms'je met een fotootje van een verschrikkelijk dikke vrouw met van die overhangende vetrollen overal, en dat hij in haar zijn grote liefde had gevonden. Sue had er vreselijk om moeten lachen. Ze had een afbeelding van die vrouw wel eens op een ansichtkaart gezien.

Prompt had Sue met haar mobiel een foto gemaakt van een ansichtkaart van een Kretenzisch oud mannetje op een ezel en had erbij geschreven dat ze er niet mee zat, want dat zij toevallig de knapste man van het hele eiland had weten te strikken. Daarop was nog een aantal sms'jes gevolgd; vanmiddag had ze er nog centje gekregen. Nee, als er iets met hem of Karen was geweest, zou ze dat beslist hebben geweten.

Tess sprong op en deed haar bikini uit. 'Wat zal ik vanavond eens aantrekken?' verzuchtte ze, terwijl ze naar de stapel kleren keek in de hoek van de kamer. 'Een ongewassen jurkje of een ongewassen jurkje?'

'Ik zou het ongewassen jurkje doen als ik jou was,' zei Sue, die intussen ook geen schone string meer in haar koffer had.

Een uur later tuften ze enthousiast en fris gedoucht op hun knetterende brommertje naar Malia. Ze waren benieuwd wat Nikos hun te vertellen had.

34

'Ik weet eigenlijk niet zo goed hoe ik moet beginnen,' zei Nikos weifelend, nadat ze hun drankjes hadden besteld. Ze zaten op het terras van een kleine taverna, in een van de smalle zijstraten van Malia. Er was nog maar één tafeltje vrij geweest, de andere tafeltjes waren bezet met tamelijk luidruchtige Nederlanders die zo te horen in hetzelfde appartementencomplex of hotel zaten.

Nikos boog zich naar de twee vriendinnen toe. Er lag een bezorgde blik in zijn ogen.

De angst sloeg Sue ineens om het hart. Was er iets met Eric gebeurd nadat hij zijn laatste sms had gestuurd? 'Niks met Eric, hoop ik?' vroeg ze snel.

Nikos schudde zijn hoofd.

'Met Karen?' vroegTess voorzichtig.

'Nee, gelukkig niet,' antwoordde Nikos opgelucht. Hij keek Tess diep in de ogen. 'Nee, met Sunny.'

'Met Sunny?' Tess keek hem vragend aan. 'Die zijn we net nog tegengekomen!'

'Niet nu, maar vroeger,' vervolgde Nikos cryptisch.

'Hoezo vroeger?' Tess voelde zich ongerust worden. 'Ik...'

Tess nam een slok van haar cola. 'Nou, vertel,' zei ze een beetje kribbig. 'Nu wil ik het weten ook.'

Nikos keek snel om zich heen om zich ervan te vergewissen dat hij niet werd afgeluisterd. 'Hij heeft in de gevangenis gezeten,' antwoordde hij toen op gedempte toon.

'In de gevangenis?' riepen Sue en Tess tegelijkertijd.

Een meisje aan een tafeltje naast hen keek om. Tess schonk haar een vernietigende blik, zodat het meisje haar ogen weer snel afwendde.

'Ja, hoor,' zei Tess toen lacherig. Ze boog zich naar Nikos toe. 'Bankroof? Moord?' zei ze zachtjes. Ze gaf hem een speelse duw tegen zijn schouder. 'Je maakt een grapje, toch?'

Maar Nikos keek haar ernstig aan. 'Moord...' antwoordde hij toen met een zucht.

Nu pas leek Tess in de gaten te hebben dat Nikos bloedserieus was. 'Moord?' stamelde ze, terwijl het bloed uit haar wangen wegtrok.

Nikos knikte. 'Hij heeft ervoor gezeten, maar wegens gebrek aan bewijs hebben ze hem weer vrijgelaten.'

Met bonzend hart hoorde Tess Nikos aan. Ze wilde dit niet horen, en geloven wilde ze het al helemaal niet.

'Hoe kom je aan dit verhaal?' vroeg ze wantrouwend. Er deden zoveel verhalen over Sunny de ronde: dat Ginger en hij het met elkaar deden, dat hij homo was, dat hij tien vrouwen per nacht had, dat hij biseksueel was, dat hij eigenlijk niet meer hoefde te werken omdat hij allang binnen was. Van geen van die roddels had ze tot nu toe een bewijs gezien.

'Een vriend van mijn vader kwam er vanmiddag mee aanzetten,' antwoordde Nikos. 'En die had het weer van iemand anders.'

'Ja, zo ken ik er nog wel een paar,' zei Sue schamper. 'De broer van de vriend van de vrouw van de bakker. Zoiets?' Zij voelde ook wel dat er iets met Sunny was waar ze de vinger niet achter wist te krijgen, maar dit verhaal vond ze wel wat overdreven. Ze wierp een blik op Tess, die Nikos ongelovig zat aan te kijken.

'En wíé zou hij dan vermoord hebben?' wist Tess uiteindelijk uit te brengen.

'Een meisje,' antwoordde Nikos. 'Een meisje van zestien...'

Geschokt sloeg Tess een hand voor haar mond. Ze dacht terug aan alle gunsten die hij haar had bewezen: de bungeejumps, de entree tot die eerste beachparty, het appartement, de tochtjes met de speedboot waarachter ze laatst ook had gewaterskied, wat ze supervet had gevonden... De angst sloeg haar om het hart. Was ze bezig ergens met open ogen in te trappen, of had ze te veel thrillers op tv gezien en sloeg haar fantasie nu op hol?

Nikos hief in een verontschuldigend gebaar zijn handen op. 'Hé, ze hebben geen bewijs gevonden en volgens die vriend van mijn vader heeft hij altijd ontkend, dus misschien is het wel helemaal niet waar...' Hij klonk niet erg overtuigd.

'Hoe is dat meisje dan doodgegaan?' vroeg Sue schoorvoetend. Ze hield niet van bloederige verhalen, maar ze wilde het toch weten.

'Onder verdachte omstandigheden verdronken,' antwoordde Nikos. 'Ze was Sunny's vriendinnetje, hij was toen vierentwintig. Het is al twaalf jaar geleden gebeurd. Toen hij is vrijgesproken, heeft hij een tijdje over de wereld gezworven en hij zit nu alweer een jaar of vijf een deel van het jaar hier.'

'En je hebt dit verhaal nooit eerder gehoord?' vroeg Sue, die het maar raar vond dat het ineens opdook. Ze was niet Sunny's grootste fan, maar ze kon zich niet voorstellen dat hij een meisje om zeep zou kunnen helpen.

Nikos schudde zijn hoofd. 'Nee, ik hoor het voor het eerst.'

'Ik geloof het niet,' zei Tess ineens stellig. 'Je kunt niet zoveel van dolfijnen houden én iemand vermoorden. Dat kan gewoon niet.' Ze was misschien naïef, maar ze dacht terug aan Sunny's geëmotioneerde blik toen ze de dolfijn hadden gezien en de schuchtere kus die hij haar daarna had gegeven. Zijn ogen hadden haar bijna droevig aangekeken. Dat was geen blik van een moordenaar. Toch huiverde ze. Mensen als Jack the Ripper waren misschien in het dagelijkse leven ook wel gewoon keurige huisvaders, om vervolgens 's nachts als hobby vrouwen te verkrachten en van kant te maken...

'Hoe kunnen we erachter komen of dit verhaal echt waar is?' vroeg ze zich hardop af. 'En als het zo is, hoe komen we er dan achter of hij écht onschuldig is?'

'Ik weet het niet,' zei Nikos. 'Maar als ik jullie was, zou ik toch voorzichtig zijn.'

'Hoeveel meisjes zijn hier de afgelopen vijf jaar dood gevonden?' stelde Sue ineens een nuchtere vraag.

Nikos schoot in de lach. 'Voor zover ik weet geen een,' antwoordde hij.

'Nou dan,' zei Sue. 'Niks aan de hand dus. Een moordenaar wacht heus niet veertien jaar voordat hij de volgende moord pleegt, hoor. Ik geloof er niks van.' Toch wilde ze in haar hart dat Nikos dit nooit had verteld. Hoe kon ze nu nog op een normale manier met Sunny omgaan? En hoe moest het verder met Tess, die overduidelijk verliefd was op die gast? Sue zuchtte. Ze keek naar de toeristen om zich heen, die intussen niet meer alleen drankjes voor hun neus hadden staan, maar ook hongerig makende borden met eten. Hier had je niet zoiets als tussentijdse keukensluiting en kon je op elk moment van de dag iets te eten krijgen. Sue voelde haar maag knorren. Ze keek Tess en Nikos beurtelings aan en zei: 'Laten we ondanks dit verhaal in godsnaam wat bestellen. Ik rammel.'

35

Nadat ze *mezze* hadden gegeten, verschillende Griekse hapjes – waarvan Sue het meeste naar binnen had gewerkt omdat Nikos en Tess niet veel trek hadden – moest Nikos weer naar het hotel en waren Tess en Sue naar een tentje in Chersonissos gegaan dat ze nog maar kort daarvoor hadden ontdekt. Het was een beetje Indisch ingericht, met terracotta muren, fluweelrode kussens en potjes heerlijk geurende wierook. Tess en Sue hadden hun favoriete plekje op het dakterras kunnen scoren, een piepklein 'tweepersoonshuisje', dat wonder boven wonder op dat moment vrij was. Een superromantisch plekje, waarvan Sue al eens had opgemerkt dat ze daar dolgraag een keer met Eric zou willen zitten en waarop Tess had gegrapt dat Rick ('Dat scheelt in uitspraak slechts een e,' zei ze) haar daar ook wel voor zou willen strikken. Het was overduidelijk dat hij wel iets in Sue zag, maar het leek ook overduidelijk dat Sue daar niets van moest hebben. 'Nou, liever Jerry dan,' had Sue meteen opgemerkt. Maar diep vanbinnen was ze eigenlijk blij dat ze Eric was tegengekomen, die natuurlijk beter bij haar paste dan honderd Ricks en Jerry's bij elkaar.

Toch wilde ze nu even niet aan welke jongen dan ook denken. Dit knusse plekje, met overheerlijke crêpes met banaan en chocoladesaus voor hun neus, was misschien wel veel beter met je beste vriendin, met wie je alles kon delen. Een vriend hebben kon je je hele leven nog.

Alsof ze Sues laatste gedachten had opgevangen, legde Tess ineens haar mes en vork neer en flapte eruit: 'En als ik nou wél verliefd ben op Sunny, wat dan?'

Sue slikte de saus die ze net van een lepeltje had opgelikt, door en keek Tess verbaasd aan. Een bekentenis van Tess, hoe dat zo ineens?

Sue probeerde haar woorden zorgvuldig te kiezen. Voordat je het wist, sloeg Tess weer dicht en ze wilde nu wel eens weten hoe de vork in de steel zat. 'Hoe voel je je dan als je hem ziet?' vroeg ze voorzichtig.

'Nou, de gebruikelijke slappe knieën, de kriebels in mijn buik, dat soort dingen... En als hij me aankijkt, dan...' Met een zucht pakte ze haar servet op en veegde haar mondhoeken schoon. 'Ik kan het niet uitstaan, wat zíé ik in die gast?'

'Zijn ogen,' stelde Sue vast, terwijl ze een nieuw stukje crêpe op haar vork prikte. 'Hoewel hij voor zijn leeftijd ook nog wel een heel aantrekkelijk lijf heeft, dat moet ik toegeven.' Ze probeerde een slokje thee te drinken dat ze net vanuit een koperen theepot in haar theeglas had geschonken, maar hij was nog te warm. 'Zal ik proberen of Jerry iets weet?' stelde ze voor.

'Hoe dan?'

'Nou, gewoon. Ik spreek wat met hem af en dan probeer ik hem een beetje over Sunny uit te horen.'

'Hoe kan Jerry nou iets weten? Die kent Sunny pas vijf jaar.'

'Dat is vier jaar, elf maanden en twee weken langer dan jij,' stelde Sue nuchter vast.

Tess schoot in de lach. Toen haalde ze haar schouders op. 'Doe maar,' zei ze. 'Je weet nooit.'

Veel meer dan dat Sunny een goede vriend van hem was, wist Sue de volgende dag niet uit Jerry los te peuteren. Sue voelde meteen dat hij niet het achterste van zijn tong liet zien en het was overduidelijk dat hij niet over Sunny wilde praten. 'Je moet niet meteen op uiterlijkheden afgaan,' maakte hij haar duidelijk. 'Sunny is veel meer dan de vrouwenversierder die hij op het eerste gezicht lijkt te zijn.' Hij keek Sue daarbij met zijn groene dromerige ogen zo lang aan dat ze niet meer wist wat ze moest zeggen. Om zichzelf een houding te geven, gaf ze hem een snelle kus op zijn mond en zei toen dat ze een duik wilde nemen. Ze verwachtte dat hij met haar mee zou komen, maar hij bleef op zijn rieten strandmatje liggen. Terwijl ze in het water dobberde, vroeg ze zich af waarom hij niet verder met haar had willen gaan dan alleen zoenen. Hij had zelfs haar borsten niet aangeraakt. Was er iets mis met haar of met hem? vroeg ze zich af. Ze dook onder water, kwam weer omhoog en zwom toen met een paar stevige schoolslagen terug. Bij de branding trof ze Jerry aan, zijn strandmat onder zijn arm.

'*I am leaving tomorrow,*' zei hij zonder enige inleiding.

'*What?*' reageerde Sue verbaasd. Ze had hem helemaal nog niet over weggaan horen praten.

'*Back to London,*' zei hij.

Sue pakte haar handdoek op en droogde haar haren af. '*What a pity...*' zei ze. Ze meende het oprecht, maar tegelijkertijd voelde ze een onverwachte opluchting.

Hij legde zijn handen op haar schouders. '*To be honest, I like you very much, but...*'

'*You have a girlfriend,*' vulde Sue droogjes aan.

Hij verschoot van kleur, iets waar ze hem nog niet eerder op had kunnen betrappen.

'*Engaged?*' probeerde Sue opnieuw. Ze had daar nog niet eerder aan gedacht, maar ineens hoopte ze dat hij iets zou zeggen wat haar in één klap zou bevrijden van de vage gevoelens die ze voor hem had.

Jerry schudde zijn hoofd. '*Married,*' bekende hij toen.

'Getrouwd?' riep Tess toen ze elkaar een uur later in Star Beach ontmoetten en Sue haar had verteld dat ze Jerry geen geheimen over Sunny had kunnen ontfutselen, maar wel eentje over Jerry zelf.

Bij nader inzien vond Tess het niet eens zo vreemd dat Jerry getrouwd was. Hij was veel te aantrekkelijk om single te zijn.

'Maar waar is zijn vrouw dan?' wilde Tess weten.

'In Londen. Ze waren samen naar India, maar zij moest eerder terug in verband met haar werk.'

'En toen ging hij nog even lekker de beest uithangen op Kreta,' zei Tess schamper. 'Lekkere echtgenoot.'

'Pfff, daar ga je dan met je mooie spirituele praatjes,' zei Sue. 'Ik ben blij dat hij mijn man niet is.' Dat was niet helemaal waar. Stiekem had ze wel eens gedagdroomd over een leven met hem samen, maar dan was toch telkens Erics gezicht in haar gedachten gekomen en wist ze dat haar gevoelens voor hem dieper gingen dan voor Jerry, die voor haar natuurlijk niet alleen te oud, maar ook te buitenlands was.

Sue strekte zich op haar stranddoek uit. Het was zes uur en de zonnestralen voelden nog behoorlijk krachtig aan. Ze was inmiddels mooi zongebruind en soms zag ze nu al op tegen de winter, als dat kleurtje weer verdwenen zou zijn.

Sue draaide haar hoofd naar Tess toe.

'Weet je, eigenlijk ben ik opgelucht dat Jerry me dit verteld heeft en dat hij morgen weer weggaat. Eerlijk gezegd vond ik het te ingewikkeld worden, met Eric en zo...'

Tess keek haar aan. 'Je bent echt verliefd geworden op Eric, hè?'

Sue zuchtte. 'Ja, ik geloof het wel... Maar ik baal ervan, want ik wil echt niet op mijn zestiende al aan één jongen vastzitten, dank je wel.' Ze klonk ineens tamelijk fel. 'We zijn hartstikke jong! Dan ga je toch niet zitten trutten met vaste verkering? Gatver, het woord alleen al!'

Tess draaide zich om en ging op haar buik liggen. Ze ging niet in op Sues uitval, ze zat te veel met haar eigen dingen in de knoop. 'Maar nou weet ik nog niet of dat verhaal over Sunny waar is...' zei ze vertwijfeld.

Sue dacht even na. 'Misschien is het beter als het wél waar is,' zei ze toen. 'Misschien gaan je gevoelens voor hem dan wel over.'

'Alsof je zoiets kunt sturen...' zei Tess. 'Als ik dat had gekund, had ik dat allang gedaan.'

Sue zweeg. Voor haar gold hetzelfde. Het was haar ook niet gelukt om niet verliefd te worden op Eric. En had Nikos ook niet jarenlang tevergeefs geprobeerd zijn gevoelens voor Karen te negeren?

'Ik vind het helemaal niks, de liefde,' concludeerde ze. 'Wat een gedoe. Je hebt er alleen maar last van.'

'Fuk Luv,' zei Tess. Ze schoot in de lach. 'Daar ga ik binnenkort T-shirts van laten drukken.'

Die avond vertrok Jerry. Zonder gedag te zeggen. Zonder te bellen of een sms'je te sturen. Zonder een berichtje achter te laten bij Star Beach.

Fuk Luv, dacht Sue, toen ze 's nachts uitgingen en ze danste tot haar voeten er zeer van deden, ze meezong tot ze er schor van was en zelfs met Rick aan het flirten sloeg.

Pas toen ze 's morgens vroeg met een tollend hoofd in bed lag, gaf ze zichzelf gewonnen. Ze dacht aan Jerry's lachende ogen en aan het rijtje tegenstellingen dat hij had opgesomd op het strandje aan de geheime baai: *day and night, black and white, darkness and light*... Sue trok het laken over haar gezicht. *Wrong and right* kon ze aan het rijtje toevoegen. Ineens zag ze Erics gezicht glashelder voor zich. Er gleed een traan uit haar ooghoek. Toen viel ze in een diepe, droomloze slaap.

36

'O, *my god...*' stamelde Sunny. *'And you believe this?'*

Na een nacht en een dag lang wikken en wegen had Tess besloten hem met het verhaal van Nikos te confronteren. 'Anders kunnen we net zo goed nu ontslag nemen en naar huis gaan,' had ze tegen Sue gezegd. 'Ik heb geen zin om hier te zitten en niet te weten of ik bang moet zijn voor Sunny of niet.'

Aangeslagen zat Sunny tegenover Tess onder een grote groene parasol op een terras van een hip café in Malia.

Langzaam schudde hij zijn hoofd. *'This story haunts me...'*

Zijn hand ging naar een van de zijzakken van zijn groene trackingbroek en hij trok er een versleten zwartleren portemonnee uit. Hij opende een van de vakken en haalde een fotootje tevoorschijn dat er aan de achterkant oud en licht verkreukeld uitzag. Sunny staarde even naar de foto en gaf hem toen met een aarzelend gebaar aan Tess.

'This was her...' zei hij. Zijn stem klonk schor en de lijnen op zijn gezicht leken op dit moment dieper dan anders.

Tess' hart bonsde, want diep vanbinnen wist ze ineens wat ze te zien zou krijgen. Plotseling wist ze waarom Sunny haar zo geschrokken had aangekeken toen hij haar voor het eerst had gezien en wist ze waarom hij haar afwisselend naar zich toe had getrokken en van zich af had gestoten. Evengoed ging er een schok door haar heen toen ze de foto bekeek.

'But...' stamelde ze.

Een meisje met een hartvormig gezicht en bruin, licht krullend haar keek Tess lachend aan. Een van haar voortanden was iets scheefgegroeid, net als bij Tess. In de punt van haar rechte neus zat een piepklein gleufje, net als Tess had. Bruine ogen met daarboven stevige wenkbrauwen in een zachte boog, net als die van Tess.

Geschokt keek ze Sunny aan. *'How...?'*

Ze kwam niet verder. De vragen in haar hoofd tuimelden over elkaar heen en ze wist nauwelijks waar ze moest beginnen.

'She drowned,' zei Sunny zacht. *'There was nothing I could do...'* Hij zweeg en keek haar gepijnigd aan. *'I tried to save her...'*

Zijn woorden zorgvuldig kiezend vertelde hij haar wat er was gebeurd. Dat ze tijdens een zeiltocht in een storm terecht waren gekomen. Dat Audrey overboord was geslagen en met haar hoofd tegen de zijkant van de boot was geknald. Hoe Sunny haar uit het water had weten te krijgen en haar had geprobeerd te reanimeren. Dat ze door zijn verwoede reddingspoging blauwe plekken had opgelopen en dat die samen met haar hoofdwond op dood door schuld hadden geleken. Dat hij na een korte tijd in de gevangenis gezeten te hebben, wat de afschuwelijkste tijd uit zijn leven was geweest, wegens gebrek aan bewijs was vrijgesproken. Dat de ouders van Audrey nooit hadden geloofd dat hij hun dochter had vermoord, maar dat hij hen niet meer in de ogen had durven kijken, Australië was ontvlucht en daar lange tijd was weggebleven.

'She was the love of my life,' eindigde hij zijn verhaal. Hij opende zijn blikje Red Bull, goot de inhoud in een glas en dronk dat in één teug leeg.

Tess keek opnieuw naar het meisje op de foto. Ze zag nu dat Audrey iets slanker was geweest dan zij, met iets scherpere gezichtstrekken. Haar eigen gezicht was wat ronder en zachter van vorm.

Tess keek Sunny aan. Nu begreep ze waarom hij haar op afstand had willen houden, maar haar tegelijkertijd naar zich toe had willen trekken. Nu begreep ze waarom hij haar kus zo schuchter had beantwoord en waarom hij geen affaire met haar wilde. De jongen van vierentwintig die hij ooit was geweest verlangde naar haar, maar de zesendertigjarige man die hij nu was, wist dat Audrey niet vervangen kon worden door een Nederlands meisje dat op het eerste gezicht als twee druppels water op haar leek.

'I'm sorry...' zei Tess. 'You must have been very sad.'

Sunny knikte. 'I still am.'

Even zaten ze zwijgend tegenover elkaar, elk in hun eigen gedachten verzonken. Zo kwetsbaar had Tess hem nog nooit meegemaakt.

Maar even later kroop hij weer in zijn schulp en transformeerde in een ogenblik weer tot de stoere Australische *dude* die hij blijkbaar graag wilde zijn. Met een bijna achteloos gebaar stopte hij de portemonnee terug in de zijzak van zijn broek en stond op.

'Sweety, I have to go now.' Hij aarzelde even, pakte haar toen bij haar schouders en gaf haar een spontane kus op haar mond. Een bevrijdende lach brak door op zijn gezicht. 'You know,' zei hij, 'actually I'm very glad this happened. It's a relief, can you believe that?' Zijn stem klonk verbaasd, alsof hij het zelf bijna niet kon geloven.

Op dat moment had Tess het gevoel dat er een veel te zware jas in één beweging van haar schouders werd genomen.

Opgelucht keek ze hem aan. 'I sure can,' zei ze, en ze gaf hem spontaan een kus terug.

37

'Jeetje, wat voel ik me opgelucht,' zei Tess. Ze meende het. Ze had zich in tijden niet zo goed gevoeld. 'Stel je voor dat ik het niet had gevraagd en dit verhaal was een eigen leven gaan leiden, daar moet je toch niet aan denken?'

Ze zaten op een van hun favoriete terrassen in Malia, waar het op dit moment gelukkig niet druk was.

Nikos keek haar schuldbewust aan. 'Sorry...' zei hij. 'Toen ik het verhaal hoorde, wilde ik je alleen waarschuwen.'

'Ik ben ook heel blij dat je dat hebt gedaan,' zei Tess. 'Want anders was ik in die irritante verliefdheid blijven hangen en dat was natuurlijk ook waardeloos geweest.'

'Dus je gevoelens voor hem zijn echt over?' vroeg Sue, die dat nog steeds moeilijk kon geloven.

Tess knikte. 'Op het moment dat ik hem naar die foto van Audrey zag kijken al. Ineens zag ik een man van zesendertig met een heel verleden zitten. Wat moet iemand van zestien daarmee?'

'Zeg, ben jij niet een beetje te wijs voor je leeftijd?' zei Nikos grinnikend. 'Als dit een boek zou zijn en er zouden recensies over verschijnen, zou er vast geschreven worden dat het wel heel ongeloofwaardig is allemaal.'

'Het echte leven ís nou eenmaal vaak ongeloofwaardig,' reageerde Tess op gespeeld nuffige toon. Ze pakte haar glas op en nam een slok. 'Zou jij het geloven als je hoorde dat twee meisjes van zestien op Kreta vakantiewerk mogen doen van hun ouders?' Ze zette haar glas weer neer. 'Ik weet niet of ik dat zou geloven, en toch is het echt gebeurd.'

Met een tevreden zucht leunde ze achterover. Ze had zich zelden zo goed en vol zelfvertrouwen gevoeld. Dat haar verliefdheid op Sunny in één ogenblik was verdwenen, had haarzelf ook verbaasd. Hoe was dat mogelijk, na al die niet-geuite heftige gevoelens? Maar of ze het nou begreep of niet, het was echt waar.

Ze glimlachte. Nu dit achter de rug was, had ze extra veel zin in de tijd die ze hier nog hadden. Nog een week of twee. Ze zou daarvan gaan genieten als nooit tevoren.

'Blijven we nog even?' vroeg ze aan Sue, maar ze wist het antwoord al.

'Zeker weten,' zei Sue. 'Ze zullen me hier weg moeten sláán.'

N-JOY

38

'Ik breng je wel even naar huis,' zei Tess, die medelijden had met Manon, het Nederlandse meisje dat ze vandaag had leren kennen en dat zich ineens zo ziek voelde dat ze niet meer wist waar ze het zoeken moest.

'O, mijn god...' kreunde Manon. 'En die klootzak van een Diederik laat zich nu natuurlijk niet zien...'

Diederik was haar vriendje, met wie ze naar Kreta was gekomen, maar die al twee keer vreemd was gegaan.

'Lul...!' vloekte Manon. 'Ik wil nooit meer een vriend. Klootzakken zijn het, allemaal!'

Tess streek haar zachtjes over haar rug. 'Dat denk je nu, maar dat gaat heus wel weer over.'

Ze zei dat terwijl ze zelf superblij was dat haar verliefdheid op Sunny over was en ze ook niet van plan was om snel nog eens verliefd te worden.

'O nee, ik moet weer overgeven...' kreunde Manon.

Net op tijd duwde Tess haar achter een struik.

Ze wendde haar hoofd af. Gatver, dit was niet echt om vrolijk van te worden.

'Kom, ik breng je naar huis,' zei ze. 'En voorlopig maar even niet drinken.'

Tess kon zelf wel tegen een stootje, maar als ze hier zag wat drank inderdaad allemaal kapot kon maken... Ruzies, vechtpartijen, katers, vreemdgaan, orgies op hotelkamers: ze had het allemaal gezien en meegemaakt of er op z'n minst over gehoord. Als Tess de gave niet had gehad om vrolijk mee te feesten maar tegelijkertijd afstand te kunnen bewaren, was ze hier allang weg geweest. Wat een verschil met Spanje. Daar was het ook best heftig geweest, maar hier was het een nog veel grotere kermis.

'Sue!' riep Tess. Ze waren nog aan het werk en Tess mocht nu natuurlijk niet weg, maar ze kon het niet over haar hart verkrijgen om Manon aan haar lot over te laten. De brommer stond om de hoek en binnen een kwartier kon ze weer terug zijn. Als ze het een beetje slim aanpakte, hoefde Ginger er niks van te merken.

Sue keek snel om zich heen en rende toen met een paar grote passen op Tess en Manon af.

'Wat is er?' vroeg zc met een bezorgde blik op Manon, die er nu uitzag alsof ze elk moment flauw kon vallen.

'Ik moet haar even naar huis brengen,' zei Tess gehaast. 'Als Ginger vraagt waar ik uithang, zeg dan maar dat ik op de wc ben of zo.' Ze wendde zich weer tot Manon. 'Gaat het?'

Manon schudde haar hoofd en kreunde.

'Kom,' zei Tess, terwijl ze haar bij haar arm pakte. 'Waar woon je?'

Sue haastte zich weer naar de ingang. Ze had Ginger net het kantoor binnen zien lopen. Hopelijk bleef ze daar nog even.

De laatste dagen was Ginger niet te genieten geweest. Sunny was plotseling afgereisd naar Korfoe voor een of andere zakendeal en sindsdien leek het of Ginger haar kans schoon zag om nog chagrijniger tegen Sue en Tess te zijn dan ze voorheen al was geweest. Niet alleen tijdens het werk, maar ook als ze elkaar tegenkwamen in het appartement. Gelukkig gebeurde dat niet vaak – Ginger en de meiden wisten elkaar prima te ontwijken – maar als het gebeurde kon er nooit meer af dan een sneer of een snauw. Tess en Sue hadden nog wel geprobeerd om aardig tegen haar te doen, maar dat had niets uitgehaald. Het leek wel of Ginger al een hekel aan hen had gehad nog voordat ze elkaar hadden ontmoet.

'*You don't leave us alone with Ginger?*' had Tess eruit geflapt toen Sunny haar vertelde dat hij een weekje het eiland af zou zijn.

'*What's wrong with Ginger?*' had Sunny haar met opgetrokken wenkbrauwen gevraagd.

'*Nothing,*' had Tess snel gezegd, terwijl ze een bloosaanval probeerde te onderdrukken. '*Just joking.*'

Het was duidelijk dat Sunny niet te veel met Ginger te maken wilde hebben, maar tegelijkertijd geen kwaad woord over haar wilde horen en Tess vroeg zich nog steeds af wat voor verhaal daarachter zat.

Zelfs Sue, die eigenlijk helemaal niet geïnteresseerd was in Sunny's liefdesleven, kon het intussen niet uitstaan dat ze er niet achter kwam of de roddels over Ginger en Sunny nou klopten of niet. Niemand had haar ooit het appartement van Sunny zien binnengaan of verlaten.

'Oké, dank je, veel plezier!' zei Sue, nadat ze het ticket had gecontroleerd van een Nederlands stel dat aan hun bleke huid en verlangende blik te zien nog maar net op het eiland was. Het was al twaalf uur en buiten deze twee mensen was er al een uur niemand meer binnengekomen. Sue vroeg zich af waarom ze hier in vredesnaam nog stonden. Het feest duurde immers nog maar een uur, er zouden nu heus geen nieuwe gasten meer komen.

'*Where's Tess?*' hoorde ze Gingers stem ineens achter zich.

'*She had to pee,*' antwoordde Sue, terwijl ze zich omdraaide. '*She'll be back in a minute.*'

Maar vijf minuten later was Tess nog niet terug.

'*Long pee,*' zei Ginger argwanend.

'*Maybe her period,*' verzon Sue, die vergeten was wanneer Tess voor de laatste keer ongesteld was geweest, maar in haar herinnering was het een stuk korter dan een maand geleden.

Tien minuten later was er nog steeds geen Tess.

'*Where ís she?*' riep Ginger nu boos.

Sue haalde vertwijfeld haar schouders op. '*Shall I look for her?*'

'*Yes, and be back quickly or you'll be fired.*'

Shit, dacht Sue terwijl ze wegrende. Zie je nou? Sunny is weg en ze grijpt haar kans.

Sue rende de ventweg op om te zien of ze Tess al ergens zag, toen ze het regelmatige geronk van een motor hoorde.

Het was Rick.

'Hé, schoonheid,' zei hij, terwijl hij naast haar stilhield en de motor afzette. Hij zag er sexy uit vanavond, met een lichte spijkerbroek en een strak rood T-shirt met korte mouwen waarin zijn gespierde schouders en bovenarmen goed uitkwamen.

'Heb jij Tess gezien?' vroeg Sue gehaast, zonder te reageren op zijn vleierige opmerking.

Rick schudde zijn hoofd. 'Spoorloos verdwenen?'

Sue zuchtte. 'Ze had allang terug moeten zijn. Ze is een meisje naar huis aan het brengen dat te ziek was om nog op haar benen te staan. Als je niet tegen drank kunt, waarom zuip je dan?' Haar woorden klonken onverwacht fel.

Rick glimlachte. 'Spreek je uit ervaring?'

'Ja, en daarom kan ik het ook weten,' zei Sue een beetje kribbig. Ze had deze vakantie veel meer gedronken dan goed voor haar was, maar tot nu toe waren de consequenties daarvan gelukkig beperkt gebleven tot een paar flinke katers. De afgelopen dagen had ze het heel rustig aan gedaan, wat haar eigenlijk goed was bevallen. Als je hier langer dan een paar weken zat en er ook nog bij werkte, moest je je sowieso een beetje inhouden. Anders hield je het niet vol.

Haar mobiel piepte. 'Wacht even, misschien Tess,' zei Sue snel, terwijl ze het berichtje opende.

'Hé, stuk, aan het feestvieren of piep ik je wakker? Ik mis je... maar dat kan je natuurlijk geen bal schelen met al die andere hunks om je heen...

Sue glimlachte en toetste snel een antwoord terug.

Er staat er zelfs eentje naast me. Ga dus maar lekker terug naar bed en don't wait up for me...

'Toch je vriendje?' gokte Rick.

'Nee, mijn vader,' antwoordde Sue. 'Om te checken of ik mijn warme melk al op heb en mijn tandjes al heb gepoetst.'

Rick schoot in de lach. 'En, heb je je warme melk op en je tandjes gepoetst, of zal ik je daar straks mee komen helpen?'

Sue zuchtte. Hij bleef het proberen.

Ze legde een hand tegen zijn borst en zei: 'Poets jij je eigen tandjes nou maar, dan doe ik die van mij en komt het allemaal dik in orde.'

Rick legde zijn hand op de hare en keek haar diep in de ogen. 'Je weet niet wat je mist...'

Snel trok Sue haar hand terug. 'Ja, dat weet ik wel. Een hoop lucht en lege praatjes.' Dat haar hart een tandje sneller ging, wilde ze niet weten.

'Dus je wilt echt niet even bij me achter op de motor?'

'Nee,' antwoordde Sue resoluut, terwijl ze diep vanbinnen een ander antwoord had willen geven. Hij had haar dit nog nooit aangeboden en ze had vurig gehoopt dat hij dat ook nooit zou doen, want ze stond niet voor zichzelf in. Ze was niet bepaald een waaghals en taalde er niet naar om zelf motor te rijden, maar een keer bij iemand achterop zou ze diep in haar hart geweldig vinden. Rick had ongeveer de gaafste motor van het hele westelijk halfrond, zo'n snel racemodel. Tess noemde Ricks motor het allerlelijkste vervoermiddel *ever* uitgevonden (Tess viel meer op Harley Davidsons), maar heel stiekem vond Sue het een stoer ding. Toch mocht ze er van zichzelf nauwelijks over dénken om ooit bij Rick achterop te zitten. Hij rééd niet op dat ding, maar scheurde – haar niet gezien.

'Ik zal heel zachtjes rijden,' ging Rick door, alsof hij aanvoelde dat ze misschien toch nog over te halen was. 'Gewoon een weggetje naar het strand, meer niet.' Hij boog zich voorover en gaf haar een speelse kus in haar nek. De friszoete geur van zijn aftershave veroorzaakte een onwillekeurige tinteling in haar lichaam, maar ze trok haar hoofd naar achteren en zei ferm: 'Welk deel van mijn "nee" heb jij niet begrepen?'

Rick bracht zijn hand naar zijn hoofd alsof hij salueerde en keek haar verrast aan. 'Hoe jammer ik het ook vind dat ik je niet schijn te kunnen versieren, je eerlijkheid en standvastigheid zijn bewonderenswaardig.'

Sue schonk hem een verlegen glimlach. Ineens trok ze wit weg en keek op haar horloge.

'Shit, ik moet terug, ik ben al veel te lang weg!' Ze maakte net aanstalten om weg te rennen, toen Tess aan kwam tuffen.

'Godzijdank, die ligt in bed,' zei ze, terwijl ze de knetterende brommer afzette. 'Onderweg moest ze nog wel drie keer kotsen, jeetje, wat is die ziek.'

'Idioot!' riep Sue. 'Je bent wel een halfuur weg geweest!'

'Ja, hállo! Ik kon haar moeilijk halverwege achterlaten. Haar appartement bleek veel verder te zijn dan ik dacht.'

Ze had het nauwelijks gezegd of Ginger kwam met grote passen en een woeste blik op hen af lopen.

'Now it's enough, you're fired!' riep ze.

'Ah, come on, Ginger,' zei Rick, die dit al vaker had meegemaakt, maar ook wist dat Ginger nog wel eens terugkwam op dit soort besluiten.

'You shut up or I'll fire you too!'

Rick trok zijn wenkbrauwen op. 'Moet je proberen,' zei hij. 'Dan stappen Thomas en de andere jongens ook op en kunnen jullie die inkomsten van de bungeejump wel vergeten.' Brutaal keek hij Ginger aan.

Ginger verstond dan wel geen Nederlands, maar Thomas' naam en het woord bungeejump waren kennelijk genoeg voor haar om in te binden.

'This is between me and the girls,' zei Ginger kribbig.

Rick zei niets en startte zijn motor.

'Sterkte, meiden,' zei hij met een knipoog naar Sue. 'Als je hulp nodig hebt, weet je me te vinden.' Rick woonde samen met Thomas in een appartementje vlak bij Star Beach. Ze hadden Tess en Sue daar vaak genoeg uitgenodigd, maar de meiden waren daar nooit op ingegaan. Ze zagen de jongens al genoeg op het werk en tijdens het uitgaan; ze hadden geen zin om ook nog eens het zoveelste meisje te zijn dat in hun bed belandde.

Terwijl Rick wegreed, haalde Ginger met een driftig gebaar een envelop uit haar tas. *'Your wages,'* zei ze. *'And leave my appartment by tomorrow.'* Ze draaide zich abrupt om en liep weg.

Als aan de grond genageld keken de twee vriendinnen haar na.

Daarna draaiden ze hun hoofden naar elkaar toe.

'Wat?' riep Sue verontwaardigd uit. Haar stem sloeg over. 'Die trut heeft hier gewoon op zitten wachten!' Ze scheurde de envelop open en telde het stapeltje geld dat erin zat.

Ze vloekte. 'Ons salaris van de afgelopen week! Ze heeft dit nog zitten voorbereiden ook!'

'Wat een ongelofelijke *bitch…*' zei Tess langzaam, kennelijk te verbaasd om zich kwaad te maken. Ze pakte het stapeltje geld uit Sues handen en haalde er een briefje van vijftig tussenuit. Ze keek Sue aan. 'Met dit geld ga ik me verschrikkelijk bezatten. Doe je mee?'

'En óf ik meedoe,' zei Sue grimmig. 'En daarna kots ik Gingers hele appartement onder.'

39

'En nu?' zei Tess met een slaperige stem toen ze de volgende ochtend wakker werden van de voordeur die Ginger met een klap achter zich dichttrok.

Sue ging op haar zij liggen en keek Tess met halfopen ogen aan. 'Inpakken en wegwezen,' zei ze op droge toon. 'Of zullen we naar huis gaan?' Ze was net wakker geworden uit een droom over Eric. Dat ze op het strand waren en op elkaar af liepen, maar dat vlak voordat ze bij elkaar waren een golf hen overspoelde. Op dat moment was ze wakker geschrokken.

Ze miste Eric meer dan ze wilde toegeven. Ze vroeg zich af hoe ze zich gevoeld zou hebben als ze hem de afgelopen twee weken elke dag had gezien. Misschien had ze dan al wel genoeg van hem gehad...

'Naar huis?' riep Tess ineens klaarwakker. 'En daar heeft die *bitch* dan voor gezorgd? Ze wil waarschijnlijk niks liever. Weer twee concurrenten van het eiland af.'

'Waar dan zo weer twee nieuwe voor in de plaats komen,' zei Sue. 'Volgens mij ziet zij iedereen als concurrent.'

De vorige avond, toen ze van plan waren geweest zich te bezatten, hadden Rick en Thomas zich bij hen gevoegd. Uiteindelijk was er niet veel van bezatten terechtgekomen. De jongens hadden zich beperkt tot een paar biertjes, want ze moesten de volgende ochtend weer om tien uur in Star Beach zijn, en Sue en Tess hadden zich daar positief door laten beïnvloeden. Voor het eerst sinds ze Rick en Thomas kenden, hadden ze zelfs een serieus gesprek met hen gevoerd en hadden ze een heel andere kant van de jongens gezien dan tot nu toe. Rick had niet eens een versierpoging ondernomen. Hij had zich zelfs van een gevoelige kant laten zien door te vertellen dat hij de kinderen van zijn broer miste – een jongen en een meisje van drie en vijf – die een tekeningetje voor hem hadden gemaakt dat Rick in zijn portemonnee bewaarde en trots aan Sue en Tess liet zien. Op de tekening stond een jongen op een surfplank, met hartjes eromheen, en daaronder: voor oom Rick. Sue en Tess vonden het grappig dat een jongen van vierentwintig al oom kon zijn. Voor hen zou het nog wel even duren voordat zij tante zouden worden, áls dat ooit al zou gebeuren. Ze hadden elkaar wel eens beloofd dat ze tante voor elkaars kinderen zouden worden, maar ze wisten allebei nog helemaal niet of ze ooit wel kinderen wilden.

Na het werken op Star Beach en hun ontslag was het gesprek natuurlijk op Ginger gekomen. Thomas had nooit problemen met haar gehad, maar Rick had andere verhalen. Hij was ook al een keer met ontslag om zijn oren geslagen, maar dat was er uiteindelijk niet van gekomen. Ginger had hem te hard nodig. Meisjes om toegangskaarten te verkopen kon je overal wel vinden, jongens voor de bungeejump niet. Bovendien waren ze voor het hele seizoen ingehuurd en zat Ginger min of meer aan hen vast.

'Sunny is oké,' had Rick gezegd. 'Een beetje een vreemde vogel en nogal grillig, maar verder oké.' Daarna had hij een boekje opengedaan over Ginger en háár grillen. Dat was niet mis. Dit seizoen had ze al een paar Nederlandse, Zweedse en Engelse meisjes versleten, en niemand had het er langer uitgehouden dan een paar weken. 'Wat Ginger toch tegen al die meiden heeft, is mij een raadsel,' zei Rick. Maar Thomas vond er niet veel raadselachtigs aan. 'Sunny is dol op vrouwen, vooral op jonge vrouwen, en Ginger is net eenendertig geworden en voelt zich snel gepasseerd. Ze is al jaren verliefd op Sunny, maar Sunny niet op haar.'

'O nee?' had Tess nieuwsgierig geroepen. 'Hoe weet je dat?'

'Hij wipte met haar,' had Thomas daarop geantwoord. 'Maar dat wil nog niet zeggen dat hij verliefd op haar was. Ze schijnen elkaar al jaren te kennen, uit de tijd dat hij in Amerika woonde.'

Daarna wist Rick te vertellen dat het duidelijk was dat Sunny geen zin meer had in Ginger, omdat hij er de afgelopen tijd steeds voor zorgde dat er een kamer in haar appartement werd onderverhuurd (of gegeven) aan andere meisjes.

Voor Tess vielen er steeds meer puzzelstukjes op hun plek. Sunny had hen niet alleen gevraagd omdat ze mensen nodig hadden, maar ook om Ginger op een veilige afstand te houden. Diep vanbinnen vond ze dat eigenlijk een laffe streek. Hij kon beter eerlijk tegen haar zeggen dat hij geen serieuze relatie met haar wilde. Aan de andere kant, bedacht ze, had hij dat misschien wel gedaan, maar kon zij hem niet loslaten en zocht hij naar manieren om dat af te dwingen. God, wat was ze blij dat ze haar gevoelens van verliefdheid had overwonnen en dat het niks was geworden met deze man.

Nu Tess dit de volgende ochtend allemaal overdacht, vond ze het helemaal geen goed idee om zich gewonnen te geven en na hun ontslag het eiland te verlaten. Ze hadden genoeg geld verdiend om het hier nog even uit te houden en konden misschien nog best een studiootje of een goedkope hotelkamer huren. Ze vond het een teleurstelling dat Sunny niet meer was teruggekomen op het appartement dat hij voor hen in de aanbieding had. Dat was waarschijnlijk een lokkertje geweest. Daar baalde ze van. Dat hij na de onthulling over zijn verleden plotseling op 'zakenreis' had gemoeten, vond ze ook vreemd. 'Vluchtgedrag,' had Nikos gezegd. 'Hij kan niet goed met zijn gevoelens omgaan en gaat ze dus liever uit de weg.' Nikos zei dat het hem niets zou verbazen als Sunny langer weg zou blijven dan een week. Tess vond het best. Hoewel ze zich afvroeg of hij het wel eens zou zijn met hun ontslag (waar hij waarschijnlijk nog niet eens vanaf wist), moesten zij en Sue nu hun eigen plan maar trekken.

Tess ging rechtop zitten en keek Sue aan. 'We gaan inderdaad inpakken en wegwezen,' zei ze. 'En dan op zoek naar een kamer.'

Tess had niet veel tijd nodig om Sue ervan te overtuigen dat dit een slecht moment was om naar huis te gaan. Alleen al het feit dat ze dit aan hun ouders moesten uitleggen. Mooi niet! Nee, ze gingen pas van het eiland af als ze dat zelf wilden, niet door toedoen van een eenendertigjarige Amerikaanse die haar frustraties op jonge meisjes botvierde.

Binnen een halfuur hadden ze hun koffers gepakt, de sleutel op de kleine keukentafel achtergelaten en de deur achter zich dichtgetrokken. Maar toen ze eenmaal op straat stonden, met hun rolkoffers aan de hand en hun strandtas over hun schouder, voelden ze zich ineens een beetje verloren.

Sue zuchtte. 'Daar staan we dan. Wat nu?'

'Ja...' zei Tess. 'Wat nu?' Ze dacht aan het spontane aanbod van Rick en Thomas om voorlopig in hun appartement te komen logeren, maar dat vonden Tess en Sue allebei niet zo'n geslaagd idee. 'Samen op de hightech slaapbank?' had

Tess lacherig opgemerkt, wetende dat er naast de bedden van de jongens alleen een bijna antieke en krakkemikkige slaapbank in dat appartement stond. 'Ja, en je mag kiezen met wie,' had Thomas met een knipoog gezegd. Dat was bedoeld als grapje, maar Tess en Sue gingen toch liever eerst op zoek naar iets anders.

Plotseling schoot Tess in de lach. 'Ha, ha! Moet je ons nou zien! Hoe moeten we met deze koffers in godsnaam met z'n tweeën op de brommer?'

Sue begon te schateren. Ze zag het al voor zich: degene die achterop zat in elke hand een rolkoffer. En scheuren maar.

Lachend duwde Sue het handvat in en ging met zo'n plof op haar koffer zitten dat die meteen omviel. 'Ah!' gilde ze toen ze zichzelf probeerde op te vangen en prompt met haar hand in een kledderige massa greep waarvan niet duidelijk was of het iemands maaginhoud was geweest of een naar buiten geflikkerde rest spaghettisaus. 'Gatverdamme!' riep Sue. Tess kwam niet meer bij.

Bijna slap van de lach liep Sue naar een cafeetje aan de overkant om haar handen te wassen.

Een paar minuten later kwam ze opgetogen naar buiten huppelen. 'Ik heb een kamer gevonden!'

'Waar?' vroeg Tess verbaasd.

Sue wees naar een piepklein balkon boven het café. 'Daar.'

'Hè?' Tess begreep er niks van.

'De barkeeper daar sprak Engels en vroeg waarom wij met onze koffers op straat stonden. Toen ik het hem uitlegde, zei hij dat hij wel een studio voor ons te huur had.'

'Krijg nou wat,' zei Tess verbaasd. 'Jij regelt dat zomaar even in drie minuten?' Er brak een lach door op haar gezicht. 'Dan heeft het dus toch nog eens zin dat er hier op straat wordt gekotst.' Ze nam haar koffer bij de hand, liet een paar auto's passeren en stak de straat over. 'Laat maar eens zien, die studio van jou.'

Een bedomptere plek hadden Sue en Tess nog nooit gezien. Met een kitchenette die bestond uit een klein, krakkemikkig aanrechtblok, met een lade die er half uithing en een keukenkastje eronder waaraan het deurtje ontbrak. In het kastje telden Sue en Tess welgeteld twee beduimelde glazen, één mok met een barst erin, een blauwe plastic schaal en twee borden van verschillende maten. Op het aanrecht stond een elektrisch kookplaatje dat zo te zien sinds de aanschaf nooit was schoongemaakt en een half verroeste pan zonder deksel. Ongeveer twintig centimeter van deze keukendroom af begon het voeteneinde van een smal tweepersoonsbed, onopgemaakt, met aan het hoofdeinde één smoezelig hoofdkussen. Voor de balkondeuren stonden een blauw afgebladderd tafeltje en twee krukjes met rieten zitting, waarvan eentje met grote gaten.

Een stinkende, smerige wc annex douche van nog geen vierkante meter, inclusief grijs beschimmelde muren, maakte van deze studio de absolute droom van elk denkbaar ongedierte.

'Hierbij vergeleken was ons hotel een vijfsterrencomplex,' zei Tess, die het niet kon geloven dat iemand dit überhaupt nog durfde te verhuren.

'En het appartement van Ginger een A-locatie,' zei Sue.

'Wat moet die handel eigenlijk kosten?' vroeg Tess uit louter nieuwsgierigheid.

'Dat wil je niet weten,' antwoordde Sue. 'Honderd euro per week.'

'Wat?' riep Tess. 'Voor deze dump?'

De barkeeper stond intussen in een tamelijk ongeduldige houding in de deuropening.

'*You want it?*' vroeg hij gehaast, alsof er beneden tientallen klanten op hem zaten te wachten, terwijl er aan de bar alleen twee jongens hingen die tamelijk *spaced-out* hun eigen afterparty aan het organiseren waren.

'*We'll send family Cockroach over,*' zei Sue, haar lachen inhoudend.

De barkeeper keek een beetje schaapachtig hun kant op, wat duidelijk maakte dat hij het Engelse woord voor kakkerlak niet kende.

Tess sloeg een arm om haar vriendin heen. 'Dan maar liever op het strand slapen?'

'Honderd keer liever,' antwoordde Sue.

40

'Wat een giller!' riep Sue toen ze weer buiten stonden. 'Hoe kunnen ze zoiets serieus aanbieden?'

'Ze proberen het gewoon,' zei Tess. 'Misschien zijn er mensen die minder kritisch zijn dan wij.'

'Nou, ik kan me niet voorstellen dat iemand hier intrapt.' Ze liet een vrouw met een klein oerlelijk hondje aan een knalrode riem voorgaan, rolde haar koffer een stukje over de smalle stoep en hield toen stil. 'Wat nu?' vroeg ze. 'We hoeven toch niet echt op het strand te slapen?'

Tess zette haar zonnebril op. 'Nou, dat heb je al eens gedaan, en zo te merken was dat je toen prima bevallen.'

Sues ogen begonnen te glimmen. 'Ja, maar dat was met een lekkere jongen...'

'Misschien zoen ik ook wel lekker,' grapte Tess.

Sue schoot in de lach en sloeg een arm om haar vriendin heen. 'Toch jammer dat Nikos niet op jouw lijstje van minnaars terecht is gekomen. Hij had het vast beter gedaan dan die Spaanse lover van je.'

'Pfff,' reageerde Tess schamper. 'Daar is ook niet zoveel voor nodig.'

Ineens bleef ze stokstijf staan. 'Nikos! Hij weet nog niet eens dat we ontslagen zijn en op straat staan!'

Sue sloeg een hand voor haar mond. 'Nou zeg, dat we niet aan hem hebben gedacht, wat stom!'

Sinds het moment van hun ontslag was zijn naam geen seconde in hun hoofd opgekomen. Ze waren naar een bar gegaan, hadden zich prima vermaakt met Rick en Thomas en hadden tot vanmorgen de consequenties van hun ontslag eigenlijk nog helemaal niet overzien.

'Dat we hem niet hebben gebeld,' zei Tess, terwijl ze haar mobiel uit haar tas viste. 'Wat een stomme trutten zijn we ook.' De telefoon ging wel tien keer over, maar toen werd er overgeschakeld op een Grieks sprekende vrouwenstem die heel snel iets heel onverstaanbaars ratelde.

'*Damn,*' mompelde Tess. 'Antwoordapparaat.'

Nog geen vijf seconden later ging haar telefoon over.

'Dames,' klonk Nikos' stem, nadat Tess had opgenomen. 'Vertel het eens.'

'We zijn ontslagen en staan op straat,' flapte Tess eruit.

'Wat?' riep Nikos verbaasd.

Tess legde het hem wat uitgebreider uit. 'En nu zoeken we dus een kamer én een baantje.' Het laatste kwam spontaan in haar op.

'O ja?' kwam Sue tussenbeide. 'Ook een baantje?'

'Nikos, wacht effe.' Tess keek Sue aan. 'Natuurlijk zoeken we een baantje. We zullen die Ginger eens laten zien wat ze heeft laten lopen.'

Een roodharige vrouw die op dat moment voorbijkwam, hield stil en keek Sue en Tess nieuwsgierig beurtelings aan.

'Zijn jullie niet de Star Beach-meisjes?' vroeg ze.

'Nikos, wacht nog effe,' zei Tess in haar mobiel. 'Of nee, te duur, ik bel je zo terug.' Tess klapte haar mobiel dicht en keek de vrouw aan. 'Ex Star Beach-meisjes,' zei ze, met de nadruk op ex. 'We zijn er vannacht uit geschopt omdat we wel een halfuur pauze hebben durven nemen.'

De vrouw schoot in de lach. 'Ja, dat is ook veel te lang. Bij ons krijg je maar tien minuten.' Grinnikend opende ze haar tas. 'Tien minuten per dag, welteverstaan.' Ze viste een folder uit haar tas. 'Ken je dit?'

'N-Joy!' riep Sue enthousiast. 'Natuurlijk kennen we dat. Toen we hier net waren zijn we er geweest, dat was echt vet!' Sue trok er nóg een glunderend gezicht bij. Met terugwerkende kracht vond ze dat het gaafste feest dat ze ooit had meegemaakt.

'Nou, als je het zo leuk vond, hoe zouden jullie het dan vinden om voor ons te komen werken? We hebben met spoed meisjes nodig om tickets te verkopen en op het feest zelf een paar dingen te doen. Op de kaartjes krijg je tien procent provisie, dus hoe meer je verkoopt, hoe meer je verdient.'

Sues mond viel open. 'Werken voor N-Joy?' Ze keek Tess aan, die weinig meer wist uit te brengen dan een simpel: 'Cool...'

'Ik ben Anja,' zei de vrouw, en ze gaf hun een hand. 'Dit jaar organiseer ik deze *happening*, samen met een paar andere mensen. Zoals je met eigen ogen hebt kunnen zien, is het een daverend succes. Het feest van volgende week wordt nog groter dan dat van de vorige keer. En jullie heten?'

Sue en Tess keken haar perplex aan. Zoveel voortvarendheid maakten ze niet vaak mee.

'Ik ben Tess en dit is Sue,' antwoordde Tess, een arm om Sues schouders leggend.

'En laat ons maar tickets voor N-Joy verkopen,' zei Sue. 'Dat kunnen we supergoed.'

Tot hun verbazing zei Anja: 'Dat weet ik. Ik heb jullie aan het werk gezien voor Star Beach, maar ik wilde jullie daar niet wegkapen, dat is niet netjes. Nu ik hier toevallig liep en jullie hoorde praten, kon ik deze buitenkans natuurlijk niet laten lopen.'

'Jeetje...' zei Sue beduusd. 'Wat een timing...' Ze begon te grinniken. 'Dus doordat wij uit Gingers appartement werden gezet en ik met mijn hand in de viezigheid viel en in dat café mijn handen ging wassen, en we daar toen een studiootje kregen aangeboden dat zo erg bleek te zijn dat je zelfs een kakkerlak een beter onderkomen zou toewensen, komen we nu jou tegen. Wat een toeval!'

Anja grijnsde. 'Toeval bestaat niet,' zei ze. 'Of je zou het moeten opvatten als iets wat je "toevalt"...'

Even was het stil.

'Hé, die ga ik onthouden,' zei Tess toen. 'Die is echt leuk!'

'Ik heb er nog wel meer voor je in de aanbieding,' zei Anja, 'maar ik moet ervandoor.'

Ze gaf hun haar kaartje. 'Hier staat mijn telefoonnummer op, zodat je me kunt bereiken. En jullie?'

Ze zette de telefoonnummers van Sue en Tess meteen in haar mobiel. 'Om vijf uur vanmiddag wil ik graag met jullie afspreken in Malia, bij Zorbas, een Grieks tentje. Kennen jullie dat?'

Sue keek Tess vragend aan. 'Kennen wij dat?'

'Ja dombo, dat is dezelfde tent waar we altijd met Nikos afspreken.' Tess greep naar haar mobiel. 'Shit, Nikos, ik moet hem terugbellen!'

'Aan een kamer kan ik jullie helaas niet helpen,' zei Anja. 'Denken jullie dat zelf te kunnen regelen?'

Sue knikte resoluut. 'Zeker weten.'

41

Met stomheid geslagen keken Tess en Sue haar na. Aan de achterkant zag Anja er niet ouder uit dan een jaar of twintig, maar voor een twintigjarige waren haar ogen te wijs en haar rimpels te diep.

'Lekker figuur heeft zij nog,' zei Tess bewonderend. 'Hoe oud zou ze zijn?'

'Jaartje of achtendertig?' schatte Sue. Ze keek Tess aan. 'Krijg nou wat... Een baantje bij N-Joy, de dag nadat we zijn ontslagen bij Star Beach. Wat een giller!'

'Nikos!' jubelde Tess even later in haar mobiel. 'Moet je nou horen!' Ze vertelde hem het verhaal in geuren en kleuren.

'Wat een mazzelkonten zijn jullie,' zei Nikos. 'Maar waar moeten jullie nou slapen?'

'Dat mag jij ons vertellen,' antwoordde Tess wijsneuzerig.

'Ja hállo, alsof ik huizenbezitter ben. Ik zou zo gauw niet weten... Of nee, wacht...' Even was het stil. 'Ik bel je terug, oké? Even iemand bellen.' Nikos hing op.

Tess keek Sue aan. 'Volgens mij hoeven we vanavond niet op het strand te slapen.' Voor de zoveelste keer die dag pakte ze het handvat van haar koffer vast en zette zich in beweging. 'Laten we maar gewoon met een taxi naar Malia gaan en dan zien we wel verder.'

's Middags was het allemaal geregeld. Voorlopig konden de meiden logeren in een klein appartement tussen Malia en

Chersonissos, van een kennis van Nikos die er zelf die week niet was. Daarna zagen ze wel weer. Ze hadden hun koffers in het hotel neer mogen zetten en zouden die avond door Nikos naar het appartement worden gebracht.

'Ik heb het gevoel dat ik in drie weken al tien levens geleefd heb,' zei Tess, toen ze 's middags in de afgesproken taverna op Anja zaten te wachten en ze de afgelopen weken overdacht. 'Vakantie, vakantiebaantje, twee keer verhuizen, drama's, feesten...'

'Verloren liefdes,' voegde Sue eraan toe, met vooral Eric in gedachten, die ze voor haar gevoel veel langer kende dan de vijf dagen die ze met hem had opgetrokken.

'Nou, verloren...' zei Tess. 'Eric is nog steeds behoorlijk in beeld, toch?'

Voordat Sue hierop kon reageren, stond Anja voor hun neus.

'Hé, daar zijn jullie al,' zei ze. Ze werd vergezeld door een donkerharige man in een afgeritste kaki safaribroek en een beige poloshirt, een jongen met rood haar (Anja's zoon? vroeg Sue zich af) en een donkergroene pet achterstevoren op zijn hoofd en een meisje met een lippiercing en kort blond haar dat alle kanten op stak.

'Dit is mijn vriend Maarten,' zei Anja, wijzend naar de donkerharige man, 'en dat zijn Jonas en Claire.' Ze schoof een stoel naar achteren en ging zitten. 'Maarten en ik hebben de leiding over N-Joy, en Jonas en Claire zijn onze rechter- en linkerhand.' Ze lachte. 'En nee, Jonas is niet mijn zoon, we hebben toevallig allebei van nature rood haar.'

'Leuk, de Star Beach-meiden,' zei Jonas spontaan, nadat Tess en Sue zich hadden voorgesteld. 'Ik heb al veel over jullie gehoord.'

Tess en Sue keken hem verbaasd aan. Ze hadden er geen

idee van dat hun bekendheid zo ver reikte. Dat het halve personeel in het uitgaanscircuit hen intussen kende wisten ze, maar ze konden zich niet herinneren deze mensen ooit te hebben gezien.

'Klein wereldje,' verduidelijkte Claire. 'Als je hier een paar maanden zit, weet je vanzelf wie wie is en weet je ook waar je wel en niet moet zijn.'

'Nou,' lachte Sue, 'in Malia op veel plekken niet.' Ze kenden intussen alle populaire clubs hier en er waren er niet veel waar ze graag terugkwamen. In Chersonissos waren meer clubs die hun bevielen, hoewel dat de laatste tijd ook beperkt was gebleven tot een stuk of drie.

'En, nog dikke vriendinnen geworden met Ginger?' informeerde Jonas luchtig.

'Nou en of,' antwoordde Tess. 'Ik mis haar nu al.'

'Toch heb ik met haar te doen,' zei Anja. 'Met wat zij heeft meegemaakt.'

Tess en Sue spitsten hun oren.

'Wat heeft ze dan meegemaakt?' wilde Tess meteen weten.

Anja en Maarten wisselden een snelle blik.

'Shit, ik weet eigenlijk niet of ik jullie dat wel moet vertellen,' zei Anja, die zichtbaar spijt had van haar opmerking.

'Wie a zegt, moet ook b zeggen,' drong Sue aan.

Anja twijfelde. 'Nee,' zei ze toen. 'Doe maar alsof je me niet hebt gehoord.'

'Ja, dat kan ik niet, hoor!' protesteerde Tess. 'Nu je dit hebt gezegd al helemaal niet meer.'

Anja zuchtte. 'Als je me belooft het niet verder te vertellen.'

'Beloofd,' zeiden Sue en Tess tegelijkertijd. Ze wisten nu al dat Nikos het te horen zou krijgen, maar vertrouwden erop dat hij het voor zich zou kunnen houden.

'Een paar jaar geleden zijn haar man en dochtertje omgekomen bij een auto-ongeluk,' vertelde Anja na enige aarzeling.

Tess' maag kromp ineen. 'Wat erg...' Dit was wel het laatste wat ze had verwacht. Ze vond Ginger een trut, maar zoiets gunde ze niemand.

'Gee...' zei Sue. 'Wat verschrikkelijk...' Ze keek Anja aan. 'Maar waarom doet ze dan zo lullig tegen ons?'

Anja haalde een nieuw pakje sigaretten uit haar tas en peuterde het cellofaan eraf. 'Haar man was leraar op een middelbare school en was op dat moment op de terugweg van een stiekeme ontmoeting met een zestienjarige leerling van hem waar hij een affaire mee had...'

'Ongelooflijk...' kreunde Sue. 'Wat is dat toch met mannen?'

'Hé, wil je ons niet allemaal over één kam scheren?' zei Maarten zogenaamd beledigd. 'Ik heb in de tien jaar dat ik nu met Anja ben, nog nooit een andere vrouw aangeraakt.'

'Nee, dat zou je ook niet hebben overleefd,' zei Anja meteen. 'Tenminste, niet als ik erachter was gekomen.'

Tess en Sue lachten om haar grapje, maar hun gezichten betrokken alweer snel.

'Jeetje, wat erg...' herhaalde Tess. Nu snapte ze waarom Ginger haar en Sue weg had willen werken. Zij waren immers ook schoolmeisjes. Van wie er eentje, Tess zelf, aantrekkelijk was gevonden door de man op wie Ginger een oogje had. God, wat ingewikkeld allemaal, dacht ze. Denk je dat je een leuke job hebt op een zonovergoten eiland, word je geconfronteerd met allemaal relatieproblemen van volwassenen. Haar gedachten gingen naar het medaillon dat ze Ginger een paar keer had zien dragen. Tess was nieuwsgierig geweest naar wat daarin zat, nu wist ze zeker dat het foto's van haar dochtertje geweest moesten zijn.

'Maar je neemt je kind toch niet mee naar een buitenechtelijke wip?' bedacht Sue ineens hardop.

'Hun dochtertje was nog maar een jaar oud,' legde Tanja uit. 'Ze sliep.'

Anja stak een sigaret op en bood ook de anderen er een aan. Maarten en Claire namen er allebei een uit het pakje, Jonas niet. Ook Tess en Sue schudden hun hoofd.

Tess keek Sue verbaasd aan. 'Je wilt toch niet zeggen dat je gaat stoppen?'

'Nee... ja... ik weet het niet,' zei Sue twijfelend. Ze had die dag nog helemaal niet gerookt en was stiekem van plan geweest om ermee te kappen. Ze wierp een verlangende blik op het pakje sigaretten in Anja's hand en herzag haar besluit. 'Doe toch maar eentje,' zei ze. 'Om het af te leren.'

Anja gaf haar een vuurtje en Sue nam een diepe haal. 'Dat zijn in een paar dagen tijd dus al twee dramatische verhalen over verongelukte mensen,' stelde ze vast.

'Twee?' Maarten trok zijn wenkbrauwen op.

'Ja, shit, nou zit je Sunny's geheim openbaar te maken!' riep Tess boos uit. Meteen kreeg ze een rood hoofd, want zij was nu zelf degene die Sunny's naam noemde.

'Ach, Sunny, dat weten we al,' zei Anja. Ze glimlachte. 'Weinig dingen blijven voor mij verborgen. Ik heb een goede neus voor geheimen.'

'Dan hou ik verder mijn mond,' zei Tess. Ze vouwde haar armen over elkaar en legde haar wijsvinger op haar lippen.

Anja schoot in de lach. 'Dat hou je nooit vol,' zei ze.

Tess haalde haar vinger weer weg. 'Nee,' zei ze met een zucht. 'Daar kun je nog wel eens gelijk in krijgen.'

42

Uiteraard konden Tess en Sue het niet laten om Gingers 'geheim' door te vertellen aan Nikos, die zichtbaar schrok van het verhaal, maar ook meteen in staat was een en een bij elkaar op te tellen.

'Sunny en Ginger delen eenzelfde soort verdriet, vinden troost door met elkaar het bed in te duiken. Zij wordt verliefd op hem, hij niet op haar. Hij laat haar dat fijntjes weten door jonge meiden in te huren en die ook in Gingers appartement te stationeren. Zij raakt dubbel gefrustreerd en zoekt naar de minste of geringste reden om de meisjes de zak te geven.'

Tess was verrast door zijn analyserende vermogen. 'Wat doe jij op een toeristenopleiding? Kun je niet beter detective worden of zo?'

Nikos lachte. 'Ik geloof inderdaad dat ik helemaal geen zin meer heb in die opleiding. Ik kan geen toerist meer zien.'

'O nee?' zei Sue. 'Geen lekkere meiden meer weten te scoren?'

'Sinds Karen heb ik geen lekkere meiden meer nodig.' Met een tevreden glimlach zakte Nikos op de bank van het kersverse appartement van de meiden achterover.

Hij had ze hier net naartoe gebracht en ze waren blij verrast geweest toen bleek dat het appartement ruim, schoon en goed ingericht was.

'Dat is nog eens iets anders dan dat studiootje boven dat

café,' had Sue gezegd. 'Hoewel die badkamer natuurlijk de droom van iedere vrouw was.'

'En de open keuken ook,' zei Tess er meteen bovenop.

Dit appartement was niet groot, maar voor hun tweeën ruim genoeg. Het bestond uit een slaapkamer, een woonkeuken en een badkamer. De laatste had zelfs een royale douchebak inclusief douchegordijn met rode en gele tulpen erop.

'Lekker, net thuis,' had Tess gezegd.

'Maar dan met de zee om de hoek en een fijne hittegolf,' zei Nikos.

Het was nu al langer dan een week stikheet. De meiden waren intussen wel aan de warmte gewend, maar 's middags viel het nog niet mee. Je moest dan echt van de ene naar de andere schaduwplek zien te springen. Morgen begonnen ze al met tickets verkopen voor N-Joy, wat een stuk moeilijker scheen te zijn dan voor de strandfeesten van Star Beach, omdat N-Joy veel duurder was. Anja had verteld dat als ze aan een grote groep toegangskaarten verkochten, ze op afspraak de kaarten langs de appartementen en de hotels moesten langsbrengen, omdat mensen vaak niet zoveel geld bij zich hadden.

'Hebben jullie vervoer?' had Anja hun nog gevraagd. Gelukkig hadden ze daar ja op kunnen antwoorden, ze hadden immers nog steeds de geleende brommer van Sunny tot hun beschikking.

'Heb je de laatste dagen nog wat van Karen gehoord?' vroeg Sue, reagerend op Nikos' opmerking van daarnet.

'Bijna elke dag,' antwoordde Nikos. 'Bellen, mailen, chatten...'

'Mailen, chatten?' zei Sue verbaasd. 'Ze is toch blind?'

'Met de braillecomputer toch,' hielp Nikos haar herinneren. 'Dat schijnt niet zo moeilijk te zijn als je eenmaal weet hoe dat moet.'

'Als je braille kunt lezen,' verduidelijkte Tess.

Nikos lachte. 'Ja, dat is natuurlijk wel tamelijk noodzakelijk met een braillecomputer.'

'En wanneer ga jij weer terug naar Nederland?' vroeg Sue.

'De bedoeling was begin september. Maar ik wil liever eerder. School begint de vijfde, maar voordat ik weer aan de bak moet, wil ik nog even van mijn vrijheid genieten.'

Sue glimlachte. 'En van Karen natuurlijk.'

'Dat spreekt voor zich,' zei Nikos.

'En dan toch nog maar even die toeristenopleiding?' vroeg Tess.

Zuchtend haalde Nikos zijn schouders op. 'Geen idee. Misschien stop ik wel en ga ik een poosje werken. In de horeca of zo.'

'Vinden je ouders dat wel goed?' vroeg Sue.

'Gelukkig zijn mijn ouders niet zo moeilijk. Ik moet doen waar ik gelukkig van word, zeggen ze altijd.'

'Hmm,' mompelde Sue. Dat zei haar vader ook altijd, maar hij zou het vast geen goed idee vinden als ze na de havo geen opleiding zou doen. Evenals Tess had ze haar ouders nog niet laten weten dat ze niet meer bij Star Beach werkten. Ze vroeg zich af wanneer ze dat zouden doen.

Alsof Nikos gedachten kon lezen, zei hij: 'Wat vinden jullie ouders er eigenlijk van dat jullie zijn ontslagen bij Star Beach?'

Tess keek hem lachend aan. 'René vindt het het beste wat me ooit is overkomen, *a golden opportunity*, een buitenkansje, een topprestatie, een groot succes en een droom die uitkomt.' Ze wende zich tot Sue. 'Jouw ouders toch ook?'

'Zeker weten,' zei Sue meteen. 'Mijn vader heeft de Nobelprijs voor vakantiewerkers al voor me aangevraagd en is nu bezig een wassen beeld van mij in Madame Tussauds te krijgen. Tenminste, dat neem ik aan, want hij zal supertrots zijn als-ie dit hoort.'

Op haar laatste opmerking trok Nikos zijn wenkbrauwen op. 'Begrijp ik hieruit dat jullie ouders nog van niks weten?'

De meiden schudden hun hoofd.

'En dat moeten we voorlopig ook vooral zo houden,' stelde Tess resoluut vast.

43

'Hé, mag ik jullie wat vragen?' Tess hield een paar Nederlandse jongeren aan die net een T-shirt bekeken waar in rode
letters TEASE-SHIRT op stond.

De jongen die het shirt in zijn handen had, draaide zijn
hoofd naar Tess toe. 'Alleen als het een oneerbaar voorstel
is,' zei hij gevat.

'Oneerbaarder kan bijna niet,' reageerde Tess meteen. 'Ik
wil je namelijk vijftig euro uit de zak kloppen.'

'En wat krijg ik daarvoor?' De jongen keek haar flirterig aan.

'Hmm,' zei Tess op verleidelijke toon. 'Een heel gaaf feest,
coole acts, fantastische muziek en mooie meisjes die je sap-
pige dingen komen aanbieden.'

Anja had hun verteld dat ze op N-Joy ook met megaschalen meloen rond mochten lopen, net zoals ze op de vorige
happening meisjes hadden zien doen.

'En wat voor sappigs mag dat dan zijn?' vroeg de jongen,
terwijl hij een stapje dichter naar Tess toe deed.

'Om je vingers bij af te likken,' antwoordde Tess cryptisch.

Ze had dit spel in Star Beach al vaak gespeeld en beheerste
het intussen als de beste.

'Woehoe...' zei een meisje in het gezelschap. 'Dat zou ik
niet aan mijn neus voorbij laten gaan, Michael.'

'Nee Michael, *it's an offer you can't refuse,*' zei Tess.

De jongen die kennelijk Michael heette, schoot in de lach.
'Nou, vertel me de rest van het verhaal dan maar.'

Tess liet het groepje jongeren de flyer van N-Joy zien en binnen een minuut had ze vier tickets verkocht. Ze hadden geen tweehonderd euro op zak, dus spraken ze af dat Tess en Sue 's avonds om zeven uur bij hun appartement zouden zijn om de tickets af te leveren en het geld in ontvangst te nemen. Ze schreef hun namen op een lijst en noteerde hun adres. Eigenlijk was de regel dat er cash betaald moest worden en dat alleen als er groepen van meer dan tien mensen naar N-Joy gingen, de kaartjes langs werden gebracht. Maar dit groepje beweerde dat ze nog wel meer mensen kenden die erheen wilden, dus maakte Tess een uitzondering.

'Zo,' zei Tess, die zich even later bij Sue voegde. 'Weer vier kwijt. Minstens, want vanavond gaan we de kaartjes bij hen langsbrengen en ze wisten misschien nog meer mensen die zin hadden in een goed feest.'

'Cool,' zei Sue. 'Ik heb er zelf ook net drie verkocht. Dat gaat lekker.'

Ze liepen nog maar twee uur rond en ze hadden al twintig kaarten gesleten. Honderd euro provisie in de knip, wat een lekker baantje!

'Als we dit acht uur achter elkaar doen, is dat een aardig dagsalaris,' glunderde Sue.

'Maar dit lukt ons niet acht uur achter elkaar,' merkte Tess ontnuchterend op. 'Tussen twee en vijf verkopen we niks, veel te warm. Dan lig ik op een bedje in de schaduw.'

'Drie uur pauze?' riep Sue geschrokken, die het volgende ontslag al zag opdoemen.

'We krijgen niet per uur betaald hoor, was je dat vergeten?' merkte Tess op.

'O ja,' zei Sue, 'dat is ook zo'. Ze keek omhoog naar de wolkeloze hemel. Het was pas elf uur 's morgens en in de zon was het al bijna niet meer te harden. 'Dat wordt weer een bloedhete dag,' constateerde ze.

'Ja,' zei Tess. 'Laten we dus maar snel doorgaan, dan gaan we straks lekker chillen.'

'Jeetje, wat goed!' riep Anja die avond, toen Tess en Sue haar het geld van zestig verkochte tickets overhandigden. Ze hadden het wel vervelend gevonden om met zoveel geld op zak te lopen, dus had Tess meteen een heuptasje gekocht om het in te bewaren.

'Wat veel,' zei Anja. 'Jullie hebben in één dag meer verkocht dan veel mensen in drie dagen doen.'

'En dat in zes uur tijd,' zei Sue, die supertrots was op hun prestatie.

'Wat is jullie geheim?' vroeg Maarten, die met Anja was meegekomen.

'Onze *looks*,' antwoordde Tess.

'Mijn tieten,' zei Sue tegelijkertijd.

Maarten schoot in de lach. 'Dus jullie verkopen alleen tickets aan jongens?'

'Nou, vooral aan mensen met humor,' antwoordde Sue.

Ze dacht terug aan de weken die ze voor Star Beach hadden gewerkt. Met humor hadden ze altijd de meeste kaartjes weten te verkopen, maar lang niet iedere dag hadden ze mensen getroffen die daarop inhaakten. Veel jongeren liepen met een kater van de vorige nacht rond, en hadden dan niet altijd zin in de grapjes van twee Nederlandse meiden die ze een kaartje voor een beachparty probeerden aan te praten. In die gevallen waren Sue en Tess moeiteloos overgeschakeld op begripvolle teksten als: 'Shit hè, zo'n kater. Weet je wat moet doen?' En dan hadden ze de jongeren tips aan de hand gedaan, zoals veel water drinken, ook de volgende dag (het verbaasde hen dat veel mensen dat niet wisten) in de schaduw blijven (ook dat was voor veel jonge toeristen nieuw) en een goed ontbijt, al was dat pas 's middags. Dat laatste hoefde je tegen Engelsen niet te zeggen, die aten van nature een stevig ontbijt. Maar Nederlanders hadden de neiging om na een nacht feesten de volgende dag op koekjes, chips en cola te teren, wat nou niet de beste methode genoemd kon worden om van je kater af te komen, en al helemaal niet om met nieuwe energie een volgende feestnacht in te duiken.

'Nou, van mij mogen jullie zo doorgaan,' zei Anja. 'Het feest is al over vier dagen en er moeten nog heel veel kaarten worden verkocht.'

Het was voor Anja en Maarten elke keer weer spannend, hadden ze gezegd. Te weinig bezoekers hebben verknalde je feest en de mensen van het evenementenbureau die N-Joy vorig jaar hadden georganiseerd, hadden dat zo slecht gedaan dat de *happening* een slechte naam had gekregen. De afgelopen twee feesten waren dan wel geweldig geweest, maar het duurde altijd even voordat dat nieuwtje zich verspreidde, zeker met steeds weer nieuwe toeristen op het eiland. Ze hadden sinds de vorige dag ook een stand in Star Beach waar ze kaarten verkochten, en dat liep gelukkig goed.

'Aan mij zal het niet liggen,' reageerde Tess op Anja's opmerking. Alles wat ze van het geld dat ze hier verdiende kon sparen voor haar trip naar Australië (als ze zou slagen) was mooi meegenomen. Ze nam een slok van haar Fanta. 'Maar nu even uitrusten,' zei ze. 'Ik ben bekaf.'

44

HÉ LIEVERD, STAR BEACH AL OVERGENOMEN OF LOPEN DE
ONDERHANDELINGEN NOG?
X JOHN

Sue beet op haar lip. Ze hadden hun ouders nog steeds niet
verteld dat Star Beach alweer verleden tijd was. Een paar
dagen voor hun ontslag waren René en Jenny van het eiland
vertrokken. René had nog gebeld en Tess gevraagd hoe het
ging, en ze had toen nog kunnen zeggen dat alles oké was.
Wist zij veel wat er later die week zou gebeuren?

'We moeten het ze nu echt vertellen,' zei Sue, die opkeek
van haar mobiel. 'We werken alweer twee dagen voor N-Joy.
We kunnen nooit volhouden dat we nog in Star Beach zitten.'

'Nee,' zei Tess, die er ook wel een beetje mee in haar maag
zat. Ze wees naar Sues mobiele telefoon. 'Wat ga je hem te-
rugschrijven?

Sue haalde vertwijfeld haar schouders op.

'Sms hem gewoon een grappig berichtje terug. Bij René
werkt dat ook altijd.'

Sue ging rechtop op de tweepersoonssofa zitten. Na hun
werk waren ze naar het appartement gegaan en hadden besloten er een rustig avondje van te maken. Of dat hun zou
lukken, was de vraag.

Sue drukte op 'Antwoorden', dacht even na en toetste toen
met snelle vingers:

Onderhandelingen afgeketst. Exit Star Beach. Maar intussen vet leuke andere job! Vertel je alles thuis! Kus, het slangenmeisje

Natuurlijk kwam ze daar niet mee weg. Nog geen tien seconden later ging haar telefoon.

Een beetje zenuwachtig nam ze op.

'Exit Star Beach?' klonk Johns stem streng. 'Is er iets wat wij moeten weten?'

'Ja,' antwoordde Sue simpelweg.

'Ontslagen omdat jullie te lang pauze namen?' herhaalde John wantrouwend, nadat Sue hem in het kort had uitgelegd wat er was gebeurd. 'En verder hadden jullie niks uitgespookt?'

'Nee pap, echt niet. Die Ginger is gewoon een *bitch* en wilde ons de hele tijd al lozen.' Het verhaal over Gingers verleden vertelde ze er niet bij; daar had ze nu geen zin in.

Even was het stil aan de andere kant van de lijn. 'Maar jullie hebben dus meteen al een ander baantje?' Sue meende een mengeling van wantrouwen en bewondering in zijn stem te horen.

'Ja, goed hè?' riep ze. 'Een nieuw baantje én een ander logeeradres.' Opgelucht dat haar vader niet meteen uit zijn slof schoot, vertelde Sue uitgebreid over de studio boven het café, de toevallige ontmoeting met Anja op straat en hun nieuwe logeeradres. 'Zie je wel pap, ik kan best voor mezelf zorgen.'

'Hmm,' was het enige wat haar vader zei. Hij wachtte even. 'Maar waarom zijn jullie niet gewoon naar huis gekomen na dat ontslag? Zijn jullie nog niet lang genoeg weg geweest?'

'Mis je me?'

'Wil je dat graag horen?'

'Ja.'

'Oké, ik mis je.' John schraapte zijn keel. 'Maar ik hoop wel dat die mensen van dat feest een beetje te vertrouwen zijn. Zijn het geen cokesnuivers of zo?'

'Ha, cokesnuivers!' riep Sue lachend. Ze had Anja nog nooit iets anders zien drinken dan thee en verse jus en Maarten had ze ook nog niet kunnen betrappen op iets anders dan sigaretten en een glas wijn. 'Maak je maar geen zorgen, pap, het zijn echt heel toffe mensen.' Ze vertelde over hun succesvolle kaartverkoop en over het geld dat ze ermee verdienden. Waarop John zei dat geld ook niet alles was, maar dat hij zich wel kon voorstellen dat het een buitenkansje was om meteen een nieuw baantje te vinden.

Een paar minuten later beëindigde hij het gesprek. 'Mama zal je vanavond nog wel even bellen,' zei hij. 'Pas je goed op jezelf?'

'Ja, pap. Kus.' Sue klapte haar mobiel dicht en keek Tess verbaasd aan. 'Dat ging een stuk makkelijker dan ik had gedacht.'

'Nu ik nog,' zei Tess, die haar mobieltje al in de aanslag had, maar erover twijfelde of ze eerst Jenny even zou bellen, zodat die later op René kon inpraten.

'Hé Tess!' hoorde ze Jenny's stem even later aan de andere kant van de lijn.

'Hé Jenny, met mij, alles goed?'

'Met mij wel, met jou denk ik niet, anders zou ik je nu vast niet aan de lijn hebben,' stelde Jenny nuchter vast. 'Vertel,' vervolgde ze kordaat. 'We zullen niet slaan. Als er een probleem is, zoeken we een oplossing.'

'Er is eigenlijk helemaal geen probleem,' begon Tess, die

het eigenlijk wel fijn vond dat Jenny de koe meteen bij de hoorns vatte. 'Tenminste, niet eentje dat we niet allang hebben opgelost. Ik had jullie alleen eerder moeten bellen.' In één adem vertelde ze wat er was gebeurd. Ze besloot haar betoog met het verhaal over Ginger.

'God, wat erg voor dat mens,' zei Jenny geschokt. 'Daar moet je toch niet aan denken...'

'Nee,' zei Tess. 'Maar ik moet ook niet denken aan wat papa hiervan zal zeggen.' Het verbaasde haar dat ze papa zei; meestal noemde ze haar vader gewoon René.

'Nou,' zei Jenny, 'over zijn reactie zou ik me niet zo druk maken. Je bent niet verkracht of bestolen of aangereden. Je hebt gewoon een ander baantje, meer niet. Is het leuk?'

Ineens begreep Tess niet dat ze zo lang had gewacht met bellen. Want wat was er nou helemaal aan de hand? Ze waren dan wel in één keer hun job en hun logeeradres kwijt geweest, maar ze hadden beide al weten in te ruilen voor hartstikke leuke alternatieven. Ze hadden de afgelopen dagen goed gewerkt, waren uit geweest en hadden heerlijk in de zon gelegen met een geweldig uitzicht op de bergen en de zee. Wat wilde je nog meer?

'Ja, het is heel gaaf!' riep Tess nu enthousiast uit. 'We hebben al superveel kaartjes verkocht!'

Ook de tweede dag was de verkoop verrassend goed gegaan. Vijftig euro uitgeven voor een *outdoor dance event* was voor veel mensen klaarblijkelijk niet iets om wakker van te liggen. De groepstickets afleveren bij de appartementen en de hotels was wel een klus geweest. Voordat ze alle adressen hadden gevonden en voordat iedereen ook daadwerkelijk thuis was... Ze hadden de afgelopen twee dagen meer op hun brommer gezeten dan in de weken daarvoor.

Alsof de duvel ermee speelde, vroeg Jenny: 'En hoe doen jullie dat dan met die tickets rondbrengen, hebben jullie een mountainbike of zo?' De toon van haar stem verraadde dat ze al een vermoeden had.

'Eh...' zei Tess twijfelend.

Jenny zuchtte. 'Een scooter dus.'

'Nee, geen scooter,' antwoordde Tess snel. 'Een brommer...'

Jenny kon een korte lach niet onderdrukken. 'Nou, daar heeft René niks over gezegd toch, over een brommer?'

Tess giechelde. Zij had destijds hetzelfde grapje gemaakt.

'Nou ja, dat zoek je verder maar met je vader uit,' zei Jenny. 'Wanneer ga je hem hierover bellen?'

'Nu,' besloot Tess. Dan had ze het maar gehad.

Maar nadat ze Jenny gedag had gezegd, schreef ze toch eerst maar een inleidend sms'je.

Hey pap! Bye bye Star Beach, een nieuw (veel vetter!) baantje gevonden. Zet je spaarpot alvast maar open, je krijgt een rijke dochter terug! xxxTess

Maar René was niet achterlijk en belde vrijwel meteen terug.

Ze kwam er niet onderuit om ook hem uiteindelijk de bekentenis van de brommer te doen. In eerste instantie werd hij boos en wilde weten of ze wel een helm droegen. In die hitte zeker, dacht Tess, maar dat zei ze niet hardop.

'Natuurlijk dragen we een helm.' Ze probeerde haar stem zo overtuigend mogelijk te laten klinken.

'Niet dus,' zei René met een zucht. En toen: 'Ik heb ook helemaal niks meer te vertellen in dit huis!'

211

'Klopt, want ik bén niet thuis…' verbeterde Tess hem wijsneuzerig.

'Bijdehandje,' zei René, maar Tess kon horen dat hij moeite had zijn lachen in te houden. De snoeiharde opmerking die hij daarna maakte, kwam dan ook totaal onverwacht en voelde als een klap in haar gezicht.

'Je zult niet de eerste zijn die in een lijkzak terugkomt uit zo'n oord,' zei hij. 'Kijk in godsnaam goed uit.'

'Pap!' riep Tess geschrokken.

'Sorry,' zei René meteen. 'Dat was bot. Maar wees alsjeblieft voorzichtig. Ik wil niet dat er iets ergs gebeurt…'

Tess wist hoe hij er nu bij stond: zijn hand over zijn hoofd strijkend en met een zorgelijke blik.

'Ik weet het…' zei Tess zacht. De opmerking van René was hard aangekomen.

'En zijn die mensen van dat feest wel een beetje te vertrouwen?' gooide René het over een andere boeg.

'Heel erg,' kon Tess gelukkig meteen antwoorden. Ze had nog nooit zo'n bijzondere vrouw ontmoet als Anja. Ze organiseerde dan wel dit soort feesten, maar ze was ook heel filosofisch ingesteld en bepaald geen oppervlakkig type. Maarten was een rustige man die overal de tijd voor nam en die het heftige karakter van Anja een beetje intoomde. Jonas en Claire, die een stel bleken te zijn, waren heel andere types dan je op een plek als Chersonissos zou verwachten, een beetje alternatieve twintigers die je niet vaak tegenkwam in het uitgaanscircuit. Maar ze waren heel goed in het organiseren en regelen van allerlei dingen en wisten prima om te gaan met de verschillende soorten mensen die voor N-Joy werkten.

De vorige avond was er een meeting geweest met de hele crew, die voor dit feest uit een stuk of twaalf mensen bleek te bestaan. Tess had Kenny, een Nederlandse danser van vierentwintig, meteen heel leuk gevonden. Ook het barpersoneel en de technici leken heel aardige mensen. Er had een ontspannen sfeer gehangen en Tess en Sue werden meteen in het clubje, dat al een poosje samenwerkte, opgenomen.

'Nou, zo te horen komen jullie voorlopig niet terug,' zei René luchtig, nadat Tess enthousiast over de afgelopen dagen had verteld. 'Moet ik school alvast maar afbellen?'

'Als je dat zou willen doen, heel graag,' zei Tess. 'Zeg maar dat we hier zoveel levenservaring opdoen dat we dat laatste jaar makkelijk kunnen missen en dat we onze diploma's nog wel komen ophalen.'

Lachend zei René haar gedag en hing op.

'Bestaan er toch wonderen?' zei Tess, opgelucht dat dit probleem uit de wereld was geholpen.

'Het lijkt erop,' zei Sue, zelf ook verbaasd over de relaxte reactie van haar vader.

Tess pakte de afstandsbediening van de salontafel. 'Laten we dan nu maar eens kijken wat de Griekse televisie ons te bieden heeft.'

45

Ze konden kiezen uit zes kanalen, waarvan het ene nog slechter te ontvangen was dan het andere. Ze bleven hangen bij een programma waarin feestelijk aangeklede mensen buiten aan lange tafels zaten te drinken, te eten én te roken, terwijl tussen de tafels door Griekse liederen werden gezongen en werd gedanst.

'Wat wordt er in Griekenland ongelofelijk veel gepaft,' merkte Sue op.

'Ja, en niet alleen buiten,' zei Tess.

Zelfs waar verbodsbordjes stonden, werd rustig een sigaret opgestoken. Die ochtend waren ze in een apotheek geweest om keelsiroop voor Sue te halen, die opeens een beetje last had gehad van keelpijn. Een wachtende klant had daar doodgemoedereerd een sigaret weggewerkt. Niemand die er iets van zei.

'Hoe is het eigenlijk met je keel?' vroeg Tess.

'Beter dan gister,' zei Sue. 'Maar misschien komt dat ook omdat ik al anderhalve dag nict heb gerookt...' Mede door haar keelpijn was het haar gelukt om al ruim een dag van de sigaretten af te blijven, iets wat haar tot dan toe nog niet was gelukt.

'Al afkickverschijnselen?' vroeg Tess, die benieuwd was wanneer Sue écht aan haar laatste pakje sigaretten zou beginnen.

'Het valt eigenlijk wel mee,' zei Sue. 'Ik had het erger verwacht.' Ze was al eens eerder gestopt, maar toen had ze na drie uur al gesnakt naar een sigaret. Nu had ze er sinds de vorige middag niet één aangeraakt en het viel haar mee. Nu ze al die mensen op tv zag paffen, kreeg ze er ineens meer moeite mee. Ze pakte de afstandsbediening en zetten de tv op een ander kanaal.

'*Pirates of the Caribbean*!' riep ze enthousiast, blij dat in Griekenland films niet zijn nagesynchroniseerd maar ondertiteld. Ze leunde achterover op de kleine tweepersoonsbank en legde haar benen op de salontafel. Zo hield ze het nog wel even vol.

Na de film, die door vijf lange reclameblokken werd onderbroken – eentje zelfs twee minuten voordat de film was afgelopen! – sprong Sue ineens op en riep hartstochtelijk: 'Ik heb ongelofelijke zin om uit te gaan!'

Verbaasd keek Tess haar aan. 'We zouden het toch kalm aan doen vanavond?'

Sue drentelde onrustig de kamer rond, pakte haar tas en haalde er wat make-upspullen uit. 'Ik heb ineens zo vreselijk genoeg van dat gezwijmel over Eric. Dat wil ik helemaal niet!'

De laatste dagen had ze behoorlijk last gehad van zwijmelgevoelens. Niet in de laatste plaats door het sms'je dat hij haar had gestuurd:

HEY SUE, DEZE IS VOOR JOU:
'IF RAINDROPS COULD TELL HOW BEAUTIFUL YOU ARE, IT WOULD ALWAYS RAIN…'
HET PLEURT HIER VAN VAN DE REGEN EN IK MIS JE MEER DAN GOED VOOR ME IS!

Ze had nog nooit zo'n romantisch berichtje van iemand gehad en diep vanbinnen had ze het liefst meteen het vliegtuig naar huis gepakt. Maar in plaats daarvan had ze hem een sms'je teruggeschreven dat Kreta al maanden geen druppel regen had gezien en dat ze dus geen idee meer had hoe hij eruitzag. Ze nam aan dat hij wel zou snappen dat het een grapje was, maar tegelijkertijd voelde ze zich gefrustreerd over haar gevoelens voor hem. Ze was pas zestien! Hoe kon je dan al denken dat je de jongen van je leven was tegengekomen? Het irriteerde haar dat ze überhaupt dat soort gedachtes had gehad, ze wilde vrij zijn en onbezorgd plezier maken, net als iedereen hier!

Sue bracht snel nieuwe mascara op haar wimpers aan en bewerkte haar lippen met een lichte lipgloss.

'Zo, jij hebt er zin in,' zei Tess grinnikend, terwijl ze opstond en in haar schoenen stapte.

'Inderdaad,' reageerde Sue stellig. 'Ik wil even helemaal nergens aan denken en uitgaan als een vrije meid.'

Tess vroeg zich af of ze dat zou kunnen. Sue was overduidelijk smoorverliefd op Eric, maar het was ook overduidelijk dat dat haar irriteerde.

Twee minuten later sloot Sue de deur af, stopte de sleutel in haar tas en stapte bij Tess achter op de brommer. '*Okay, boys and girls!*' riep ze. '*Here we come!*'

46

Sue ging helemaal los en dronk meer dan goed voor haar was. Ze had nog nooit zo sexy scheel gekeken als die avond. Ze kwamen Rick tegen, die nog één keer een poging waagde om Sue te verleiden tot een ritje achter op zijn motor. Hij had een helm bij zich. Voor haar, niet voor hem. Hij had geen druppel gedronken, zei hij.

Sue capituleerde. Haar tot nu toe standvastig volgehouden nee ruilde ze in voor een willig ja.

'Tien minuutjes,' zei ze tegen Tess, die helemaal niet blij was met deze actie en kwaad op Rick dat hij het maar bleef proberen.

Drie uur later – Tess had gewacht en gewacht en was intussen met de brommer naar het appartement teruggegaan – was Sue nog niet thuis. Sue had de sleutel, waardoor Tess er niet in kon. Tess probeerde Sue wel honderd keer te bellen op haar mobiel, maar ze nam niet op...

47

Er hield een taxi voor het appartementengebouw stil. De chauffeur stapte uit, liep om de auto heen en opende het portier aan de andere kant. Langzaam stond Tess op. Urenlang was ze afwisselend bezorgd en superpissig geweest. Nu ze Sue doodgemoedereerd uit de taxi zag stappen, wist Tess niet of ze haar moest wurgen of haar om de hals moest vallen.

Aan Sues reactie te merken, was ze zich van geen kwaad bewust. 'Wat doe jij nou hier?' vroeg ze een beetje schaapachtig.

Tess barstte in woede uit. 'Wat ik hier dóé, wat ik hier dóé?' Ze vloekte hartgrondig. 'Wat ben jij een asociale trut! Hoe durf je zo laat aan te komen zetten! Hoe kun je me zo laten stikken? Weet je wel waar ik allemaal aan heb zitten denken?' Tess' stem sloeg over. 'Ik heb je wel honderd keer tegen een boom geknald gezien, morsdood! En dan kom je uren later in een taxi aankakken alsof er niks aan de hand is! En mij hier een beetje laten wachten!'

'Maar... je had toch gewoon naar binnen kunnen gaan?' reageerde Sue haperend, overduidelijk niet begrijpend wat er aan de hand was.

'O ja? Hoe dan, zonder sleutel?'

Verbaasd keek Sue haar aan. 'Die heb jij toch?'

In een woedend gebaar hief Tess haar armen in de lucht.

'We hebben toch maar één sleutel en die heb jíj toch vannacht in je tas gestopt?'

Nu begon het Sue te dagen. Ze werd rood. 'O ja. Vergeten...'

Tess vloekte opnieuw. 'En wat heb je dan allemaal gedaan dat je nu pas thuis bent? Ben je al die tijd met Rick geweest?'

Het was inmiddels zeven uur 's ochtends. Al een paar uur zat Tess op de betonnen buitentrap van het appartement te wachten. Dit was een rustige buitenwijk waar wel toeristen woonden, maar bijna alleen toeristen met kinderen. Die lagen allang op één oor. Buiten de honden en katten die op straat rondzwierven, had Tess niet veel levende wezens voorbij zien komen. En de mensen die ze had gezien, hadden niet echt op haar gelet. Tess had het te laat gevonden om Nikos te bellen, en Anja en aanhang wilde ze al helemaal niet lastigvallen. Voor hetzelfde geld kwam Sue straks doodgemoedereerd aanwandelen alsof er niks aan de hand was. Duizend keer was het door haar gedachten gegaan: dat die ene keer dat Sue bij Rick achterop zou zitten meteen fataal zou zijn. Dat ze tegen een boom waren geknald en allebei hartstikke dood waren. Dat er inderdaad iemand in een lijkzak thuis zou komen, zoals René had gezegd, en dan niet één maar twee. Tess huiverde, ze moest er niet aan denken. Ineens zeeg ze weer op de trap neer en barstte in huilen uit.

'Dit moet je echt nooit, nooit, nooit meer doen!' Ze sloeg haar handen voor haar ogen en huilde met grote uithalen.

Sue sloeg een hand voor haar mond. 'Wat erg, o shit...' stamelde ze. Ze ging naast Tess zitten en sloeg haar armen om haar heen. 'Als ik had geweten dat jij er niet in kon, was ik natuurlijk nooit zo laat thuisgekomen. O, wat erg, het spijt me zo...'

Sue voelde zich nog afschuwelijker dan tijdens de terugrit in de taxi, toen ze zich ineens had gerealiseerd dat ze vannacht misschien iets heel stoms had gedaan, nog iets veel stommers dan achter op een motor zitten....

Doordat ze een heleboel water had gedronken en daarna een snel ontbijt (een beker koffie en een tosti) had genomen op een vroeg geopend terras in Malia, was haar hoofd intussen weer wat helderder. Evengoed kon ze zich niet alles wat ze had gedaan herinneren. Hoe moest ze in godsnaam aan Tess vertellen wat voor stommiteit ze misschien had uitgehaald omdat ze te dronken was geweest? Ze kreunde. Nee, dat kon ze onmogelijk met Tess delen, zeker niet nu.

Zachtjes legde ze haar hoofd tegen Tess' schouder. 'Ik weet niet hoe ik dit goed moet maken...'

'Ik ook niet,' zei Tess kortaf, terwijl ze haar tranen wegveegde. Ze rechtte haar rug, trok ruw Sues tas uit haar handen en griste de sleutel eruit. Ze wilde het nu even helemaal nergens over hebben.

Ze was te kwaad.

En te moe.

Ze moest slapen.

48

'O, nee...' Kreunend sloeg Sue haar handen voor haar gezicht. 'Ook dat nog...'

Nog half in slaap keek Tess haar aan. Nu ze een paar uurtjes had geslapen, voelde ze zich een stuk rustiger. Als Sue inderdaad was vergeten dat zij de sleutel had, kon ze moeilijk kwaad op haar blijven. Ze hadden immers de afspraak gehad dat ze niet per se op elkaars lip hoefden te blijven zitten. Als Tess naar binnen had gekund, was er waarschijnlijk niks aan de hand geweest.

'Wat is er?' vroeg Tess.

'Het geld...' stamelde Sue met een verwarde blik, haar handtas open op haar schoot.

Tess ging rechtop zitten. 'Welk geld?'

'Het geld van N-Joy... De driehonderd euro van gisteren...'

Vroeg in de avond hadden ze nog zes kaartjes verkocht en hadden de inkomsten daarvan nog niet aan Anja kunnen geven.

'Je gaat me niet zeggen dat je gerold bent...' zei Tess langzaam.

Sue knikte. 'Wel...'

'Wanneer dan?'

'Ik weet het niet,' loog Sue. Ze bloosde.

Tess keek haar onderzoekend aan. 'Ik geloof je niet.'

Sue haalde haar schouders op. 'Dan niet...'

'Shit, Sue, vertel het me!' riep Tess. De blik op Sues gezicht sprak boekdelen, ze hield iets achter, dat kon je zo zien.

Sue zuchtte. 'Ik denk toen ik ging zwemmen met Rick...'

Met een blik vol ongeloof liet Tess zich terugvallen in de kussens. 'Wil je me vertellen dat je je tas op het strand hebt achtergelaten terwijl je met Rick aan het "zwemmen" was in de Middelandse Zee?' Ze sprak het woord zwemmen uit alsof zij ook wel kon raden wat er verder was gebeurd.

Sue knikte bedremmeld. 'Wel...' bekende ze zacht. Ze begon te huilen en sloeg haar handen voor haar gezicht. 'En erger nog: ik weet niet meer of we...'

Even was het stil.

'Of we wát?' vroeg Tess.

'Nou, ik geloof dat we het hebben gedaan, maar ik weet niet meer of we...'

Opnieuw begon Sue te snikken.

Langzaam drong het tot Tess door. Verbijsterd draaide ze haar gezicht naar Sue toe. 'Nee...' zei ze. 'Zeg me niet dat jullie het zonder...' Ze kreeg geen tijd om haar zin af te maken, want Sue begon nu nog harder te huilen.

'Ik wéét het niet meer! Misschien wel, maar ik wéét het niet meer! Ik was zo dronken, ik wist helemaal niet meer wat ik deed...'

Nu werd Tess kwaad. 'Maar Rick was toch niet dronken. Hij was er toch ook bij, of niet soms?'

'Hij had wél gedronken, en veel te veel ook nog...' gaf Sue snikkend toe.

'Godallemachtig, wat een stelletje randdebielen zijn jullie,' reageerde Tess fel.

De stop was eruit. Sue barstte in een nog radelozer huilen uit. Schokschouderend zat ze naast Tess op bed.

Tess aarzelde. Moest ze nou nog helser worden om wat Sue had gedaan, of moest ze haar troosten? Móést je wel iemand troosten die zo stom was, of moest je zo iemand in zijn eigen sop gaar laten koken?

Tess zuchtte. Maar ze kon het verdriet van haar vriendin niet langer aanzien en sloeg een arm om haar heen. Snikkend liet Sue haar hoofd tegen Tess' schouder vallen.

Terwijl Tess wachtte tot Sue een beetje tot bedaren kwam, dacht ze koortsachtig na. Het geld waren ze kwijt, dat was jammer maar helaas. Daar ging hun zuurverdiende geld. Wat ze intussen hadden verdiend, konden ze nu zo aan Anja doorschuiven. Shit.

Maar of Sue en Rick het wel of niet veilig hadden gedaan, dát moesten ze zien uit te vinden.

Tess pakte Sues hoofd tussen haar handen en keek haar aan. 'Nu even diep ademhalen, douchen, aankleden en Rick bellen,' zei ze ineens praktisch. 'Hopelijk weet hij het nog wel.'

49

'Tjonge, wat een stelletje dombo's...' verzuchtte Nikos, toen Tess en hij elkaar een paar uur later troffen.

Sue lag met een kater in bed. Ze had Rick gebeld en die had haar verzekerd dat ze wél een condoom hadden gebruikt. 'Dat weet ik zeker, want ik herinner me dat ik het in een strandprullenbak heb gegooid,' garandeerde hij haar. 'Ik mag dan soms een onverantwoordelijke zak zijn,' had hij gezegd, 'maar ik doe het nooit zonder condoom en ik zal dat ook nooit ergens laten slingeren. Ik vind het zelf ook smerig als ik over dat van anderen struikel.' Even was hij stil geweest. 'Sorry...' had hij toen nog een beetje verlegen gezegd. 'Het is niet mijn gewoonte om gebruik te maken van dronken meisjes, dat was echt een rotstreek.'

Sue was blij dat hij dat zei, maar ze twijfelde eraan of hij wel helemaal oprecht was.

'Hij wordt nu incens heus geen heilig boontje, hoor,' reageerde Tess. 'Maar laat hem maar andere dronken meiden versieren en niet jou. Jij verdient beter.'

Toen Sue had besloten haar kater weg te slapen, had Tess geen zin gehad om thuis te blijven en had ze met Nikos afgesproken op een klein terras in een achterafstraatje van Malia. Buiten hun tweeën zaten er alleen een paar Grieken aan een glaasje raki, de nationale sterkedrank waar Tess wel eens een slokje van had geprobeerd, maar die ze niet te zuipen vond.

'Ik snap het niet. Ze is toch verliefd op Eric?' vervolgde Nikos, nadat ze allebei een groot glas vers geperste jus geserveerd hadden gekregen. Hij nam een slok. 'Waarom gaat ze dan evengoed met zo'n gast als Rick?'

Tess haalde haar schouders op. 'Gisteravond zei ze dat ze ervan baalde dat ze zo zat te zwijmelen over Eric. Misschien wilde ze proberen hem te vergeten.'

'Lekker handige manier om dat te doen,' snoefde Nikos. 'Onveilig vrijen is dan wel het allerstomste wat je kunt doen.'

'Gelukkig blijken ze het veilig te hebben gedaan,' merkte Tess op. 'Maar om zo dronken te worden dat je niet meer weet wat je doet, dat zal ik nooit begrijpen.'

Eigenlijk wilde ze daar helemaal niet over oordelen – ze was immers zelf vaak genoeg dronken geweest – maar ze deed het toch. 'Het wordt tijd dat Sue zich erbij neerlegt dat ze verliefd is op Eric,' vervolgde ze, terwijl ze een bierviltje onder een van de poten van het wiebelige tafeltje schoof. 'Dat zou een hoop rust in de tent geven.'

'Inderdaad,' zei Nikos 'Want uitgerekend *of all people* met Rick!' Nikos schudde zijn hoofd. 'Twee types die meer van elkaar verschillen dan Rick en Eric, kun je je bijna niet voorstellen. Rick de waaghals, Eric het watje. Echt, Sue is veel beter af met iemand die niet zijn leven voortdurend in de waagschaal stelt.'

Tess wist meteen waar Nikos op doelde. De week ervoor was Rick met een waterscooter tegen de rotsen aan geknald. Hij was er met de schrik afgekomen en had alleen een paar flinke schrammen en blauwe plekken opgelopen, maar van de waterscooter was niet veel over geweest. Nadat Rick er vlak voordat hij tegen de rotsen te pletter zou vallen vanaf was gesprongen, was de waterscooter met zo'n klap tegen de rotsen gevlogen dat-ie total loss was. Rick beweerde dat er iets mis was geweest met de scooter en dat hij op hol was geslagen zonder dat hij er iets aan kon doen. Zelfs als hij gelijk had, klonk het niet erg geloofwaardig uit de mond van iemand die roekeloos gedrag niet uit de weg ging. Hoe voorzichtig en secuur hij ook was als bungeejumpbegeleider, in zijn persoonlijke leven kon hij behoorlijk onvoorzichtig zijn.

Tess keek Nikos aan. 'Ach, weet je, eigenlijk is Rick best een leuke jongen. Hij zou alleen wat minder moeten opscheppen. Waarom moet de hele wereld weten wat iemand allemaal wel niet durft? Ik vind dat zó kinderachtig.' Ze trok een frons in haar voorhoofd en keek Nikos bezorgd aan. 'Ik ben toch niet zo, hoop ik?'

'Doe jij alleen enge dingen om iedereen te laten zien hoe stoer je bent?' vroeg Nikos meteen. 'Of heb je een andere reden?'

Tess hoefde daar niet lang over na te denken. 'Ik ben ermee begonnen toen ik een paar klasgenootjes wilde laten zien dat ik helemaal geen bangeschijt ben...' In één adem vertelde ze hem over het voorval met de autobanden. Het was eruit voordat ze er erg in had. Zo open was ze niet vaak, er waren niet veel mensen die dit verhaal kenden.

Met verbaasde blik hoorde Nikos haar aan. 'En daarom ben je ook gaan klimmen en bungeejumpen?'

Tess knikte. 'Stom, hè...?' zei ze zachtjes.

Nikos schudde zijn hoofd. 'Helemaal niet. Misschien heb jij die etterige tweeling wel nodig gehad om je dappere kant te ontdekken. Kan nooit kwaad.'

Tess keek hem verbaasd aan. 'Jeetje, wat ben jij ineens filosofisch.'

Nikos nam zijn zonnebril van zijn neus en veegde met een puntje van zijn T-shirt de glazen schoon. 'Ik heb zo mijn buien.' Hij zette zijn zonnebril weer op. 'Volgens mij ben jij in drie weken Kreta volwassener geworden dan in de drie jaar daarvoor.'

'O ja?' reageerde Tess verrast. 'Hoezo?'

'Toen ik je leerde kenen was je een aantrekkelijke, nogal brutale meid met een scherpe geest, maar een gesloten karakter. Je lijkt nu opener, gevoeliger.' Hij glimlachte. 'Tenminste, tegen mij.'

Tess zakte in haar stoel achterover en zoog bedachtzaam een paar slokken sinaasappelsap door het rietje. Ze liet het glas zakken en hield het vast in haar schoot.

'O ja? Hmm, dat was me zelf niet opgevallen...'

Toen keek ze op haar horloge en sprong op. 'Ik moet ervandoor. Afspraak met Anja.'

Nikos schoof zijn stoel naar achteren en stond op. 'Gaat het goed met de verkoop voor N-Joy?'

'Ja, super. Jonas en Claire slijten in hun stand op Star Beach ook veel kaartjes. Het wordt vast een gaaf feest.' Als Tess aan Star Beach dacht, leek het alweer weken geleden dat Sue en zij daar werkten. En het leek nog veel langer geleden dat ze verliefd was geweest op Sunny, die voor haar gevoel van de aardbodem was verdwenen.

Nikos haalde zijn portemonnee tevoorschijn en nam er een briefje van vijftig uit. 'Zal ik me dan ook maar in de feestvreugde storten?' Hij lachte. 'Ik wil wel eens zien hoe jullie die megaschalen meloen zonder ongelukken rondbrengen.'

Tess duwde zijn hand weg. 'Koop daar maar iets lekkers voor. Ik zet je wel op de gastenlijst. Want je wilt ons niet alleen meemaken als de meloenmeisjes...' Nikos schoot in de lach. '... maar we hebben ook nog een andere verrassing voor je in petto...'

'O ja? Wat dan?'

Tess keek hem gespeeld hooghartig aan. 'Dat ga ik je niet aan je neus hangen, wacht maar af.' Ze gaf hem een snelle kus op zijn wang en begaf zich weer in de toeristische hectiek van Chersonissos.

50

'Dat was echt cool!' glunderde Nikos, nadat Sue en Tess op het podium op de opzwepende muziek van de dj als slangenmeisjes uit een enorme mand omhoog waren gekronkeld en een dansact hadden opgevoerd in een sexy outfit die uit niet veel meer bestond dan een bikinitopje en string in slangenprint, en een heupdoek van goudkleurige doorschijnende stof. De twee enorme rieten manden hadden al een poosje roerloos op een van de podiums gestaan en toen de schijnwerpers erop werden gericht en de muziek een opwindend oriëntaals ritme aannam, had het publiek zich nieuwsgierig richting het podium begeven. Heel langzaam waren de deksels van de manden omhooggekomen en waren eerst de handen en armen van Sue en Tess zichtbaar geworden. Het ritme van de muziek versnelde en de oosterse klanken mengden zich met een prikkelende combinatie van house en hiphop. Toen waren de hoofden van de meisjes tevoorschijn gekomen, die voor dit doel door Kenny – die naast danser ook visagist bleek te zijn – kunstig waren omgetoverd tot sexy slangenkoppen. Daarna was de muziek losgebarsten en hadden Sue en Tess zich ontpopt als de *dancing snakegirls* die het programma had aangekondigd. Hun act had vijf minuten geduurd, precies lang genoeg om de aandacht vast te houden en kort genoeg om het publiek uit zijn dak te laten gaan. Daarna hadden ze zich afgeschminkt, zich in een luchtige zomeroutfit omgekleed en Nikos opgezocht, die hen aan de rand van de enorme dansvloer stond op te wachten.

'Echt heel cool,' zei hij nog een keer. Hij keek hen lachend aan. 'Jullie zullen de mannen van je af moeten slaan vanavond.'

'Slaan hoeft niet,' zei Sue. 'Ik bewerk ze wel met mijn giftige tong.' Sue voelde zich supertrots, vooral omdat ze vlak voor het optreden bevangen was geweest door een enorme plankenkoorts. Sta ik hier straks voor al die mensen, had ze gedacht. De schrik was haar om het hart geslagen. Maar toen ze uit haar mand omhoog was gekronkeld en het gejuich van het publiek als een warme douche over haar heen had laten spoelen, was ze losgegaan en had haar plankenkoorts plaatsgemaakt voor trots en euforie. Kijk mij hier nou staan, had ze gedacht, wat een kick! Ze was blij geweest dat ze de afgelopen dagen de afleiding van de act had gehad, waarvoor ze flink hadden moeten oefenen. Overdag tickets verkopen en 's avonds de choreografie oefenen die Kenny voor hen had bedacht, dat was nog niet meegevallen. Van uitgaan was het nauwelijks gekomen. Na het oefenen waren ze wel met Kenny en wat andere mensen iets gaan drinken, maar ze hadden daarvoor de wat rustigere barretjes aan de rand van Chersonissos opgezocht in plaats van drukke clubs of overvolle cafés in het uitgaanscentrum. De afgelopen dagen hadden ze enorm veel plezier gehad met de crew van N-Joy. Tess en Kenny waren behoorlijk aan het flirten geslagen, maar Tess had Sue nog niet bekend verliefd op hem te zijn. 'Ik vind hem heel leuk,' had ze gezegd. 'En verder hoor je het vanzelf.'

Sue geloofde dat ze het niet vanzelf zou hóren, maar vanzelf zou zíén. Die gaan op het feest verschrikkelijk zoenen, voorspelde Sue heimelijk.

Over haar dansprestaties kon Sue die middag minder goed

een voorspelling doen. Tijdens de laatste repetitie had ze het gevoel dat ze er niks van bakte en had ze bijna willen afhaken. Kenny had gezegd dat je je op een generale vaak flut voelt, dat had hij zelf ook regelmatig. Hij zou zelf die avond twee dansacts doen – eentje alleen en eentje met een danseres – en het was alleen omdat hij een ervaren danser was dat hij zich er niet zo druk over maakte.

Naderhand bleek dat Sue zich ook nergens druk over had hoeven maken. De sfeer van het feest en het enthousiasme van het publiek hadden haar ineens enorme energie gegeven en tijdens de act had ze het gevoel gehad nog nooit zo soepel te hebben bewogen. De enige onrust die ze had gevoeld was veroorzaakt doordat ze degene die ze in het publiek had willen zien staan – het liefst op de eerste rij – niet had kunnen ontdekken. Tijdens de act had ze haar blik over het publiek laten dwalen, maar helaas.

Nu, na afloop, voelde ze ineens een steen van teleurstelling op haar maag. Ze had zich er zo op verheugd. Zou hij zich toch hebben bedacht?

Twee dagen ervoor had hij haar een sms'je gestuurd:

Hey zeemeermin, het is gestopt met gieten, maar de regendruppels zijn aan mij blijven kleven...

Hij had er een foto van zichzelf bij gestuurd met de woorden dat het toch zonde was als zij door het gebrek aan regendruppels op Kreta zijn onweerstaanbare uiterlijk zou vergeten. Hij had de lelijkste kop getrokken die hij op voorraad had en Sue en Tess hadden daar onbedaarlijk om moeten lachen.

Sue was gecapituleerd en was naar het eerste het beste internetcafé gesneld. Nadat ze zich suf had *gegoogeld* en had gevonden wat ze zocht, had ze Eric met onzekere vingers terug ge-sms't:

Hey, handsome!
N-Joy, 24 augustus, 22.00. Gastenlijst.
Don't miss it! Check last-minutes Airberlin.
See ya...

Als hij geboekt zou hebben, zou hij om acht uur vanavond hebben moeten landen, ruim op tijd voor N-Joy. Maar na zijn enthousiaste korte sms'je ('Yeah!') had ze niets meer van hem vernomen, geen telefoontje, geen sms'je, niks. Ze had zich zelden zo teleurgesteld gevoeld. Een gevoel van spijt borrelde in haar op. Had ze hem dat sms'je wel moeten sturen? Ze keek omhoog, naar een met miljoenen sterren bedekte hemel, en zuchtte. Het had een perfecte avond kunnen zijn...

'Hé.' Nikos' stem maakte haar los uit haar overpeinzingen. Hij sloeg een arm om Sues schouder en een om die van Tess en keek hen beurtelings aan. 'Kan ik een van de *snakegirls* uitnodigen op de dansvloer? Of misschien wel allebei?'

De dj had het ene muzieknummer alweer laten overgaan in een ander en een paar duizend mensen stonden erop te dansen en te springen alsof hun leven ervan afhing.

'Vooruit, omdat jij het bent,' antwoordde Tess, alsof ze alleen hem daarmee een dienst bewees en niet zichzelf. Ze keek langs Nikos' borst naar Sue en sloeg toen met een verrast gezicht haar hand voor haar mond.

Op dat moment voelde Sue twee zachte, warme handen om haar ogen.

'*Hey snakegirl*,' fluisterde hij in haar oor. '*Wanna dance?*'

51

Het vliegtuig had flinke vertraging opgelopen, waardoor Eric nog maar een kwartier geleden op N-Joy was aangekomen. Hij had gelukkig nog net hun act gezien en had zich daarna door de drukte gemanoeuvreerd om Sue te zoeken.

'Hoe lang hebben we elkaar nou niet gezien?' fluisterde hij in haar oor, terwijl hij zijn armen stevig om haar heen geslagen hield.

'Drie weken?' antwoordde Sue vertwijfeld, die haar gevoel voor tijd intussen volledig kwijt was. Als iemand haar zou vertellen dat ze hier drie maanden was geweest in plaats van vier weken, zou ze het ook geloven. Voor haar gevoel had ze in een maand tijd meer meegemaakt dan in de zestien jaar daarvoor. Ze keek opzij, waar Tess inmiddels met Kenny aan het dansen was. De blikken die ze elkaar toewierpen, spraken boekdelen. Sue glimlachte en keek naar Eric. 'Wil je mijn vriendje zijn?'

Eric lachte. Toen kuste hij haar en zei: 'Ik dacht dat je het nooit zou vragen.'

Nikos was niet lang op de dansvloer gebleven en was al snel op een van de grote kubusvormige banken terechtgekomen in een schaars verlichte hoek van het terrein.

Er zaten alleen maar verliefde stelletjes en Nikos voelde zich de gelukkigste persoon op aarde dat ook hij daar deel van uit mocht maken.

'Ik kan het niet geloven,' zei hij, terwijl hij Karen dicht tegen zich aan drukte. 'Ik dacht dat de act van Sue en Tess de verrassing van de avond zou zijn, maar deze verrassing kwam echt totaal uit de lucht vallen.'

Karen schoot in de lach. 'Nou, ik ben blij dat we zijn geland en niet gevallen.' Ze sloeg haar armen om hem heen. 'Dat er nog net twéé lastminutetickets waren, dat kon geen toeval zijn.' Ze glimlachte. 'En spotgoedkoop ook nog. Hoe kon ik dat laten lopen?' Ze boog zich naar Nikos toe en gaf hem een kus. En nog een.

Nikos kuste haar maar al te graag terug. Hij had zich nog nooit zo gelukkig gevoeld.

Terwijl hij Karen in zijn armen hield, werd zijn blik naar de dansvloer getrokken, waar Tess zwoel met Kenny stond te dansen, hun heupen van elkaar af en naar elkaar toedraaiend, hun hoofden dicht bij elkaar.

Nikos glimlachte. Zo te zien kwam ook dat wel goed.

52

'Wat een gave tijd hebben we gehad…' mijmerde Sue hard-op, terwijl ze naast haar koffer op de grond van het drukke vliegveld van Heraklion was neergeploft. Het vliegtuig had vertraging en naar verwachting moesten ze nog minstens een uur wachten voordat ze in de lucht zouden zijn.

'Ja, inderdaad…' reageerde Tess met een zucht. 'Maar ik ben wel blij dat het in Nederland nu niet zo warm is. Ik zweet me kapot.'

De hittegolf was nog steeds niet voorbij en de airco op het vliegveld was stuk of werkte niet zoals zou moeten.

'Ik zweet me liever een ongeluk dan dat ik weer naar huis moet…' zei Sue met spijt in haar stem.

'Had je maar beter op ons geld moeten passen,' zei Tess.

Sue keek haar geïrriteerd aan. 'Ja, nou weet ik het wel dat ik stom ben geweest.'

Tess sloeg een arm om haar schouders. 'Het is oké. Ze zeggen altijd dat je het best op het hoogtepunt van het feest naar huis kunt gaan. Ook nu is het beter om te vertrekken terwijl we het nog leuk hadden, toch?'

Sue knikte. 'Ja, dat is waar.' Ze keek de vertrekhal van het vliegveld rond en begon te grinniken. 'Zie je dat?' Ze wees naar een verboden-te-roken-bordje aan een ijzeren stang, waaromheen minstens zes toeristen stonden te paffen.

'Zelfs toeristen trekken zich hier niks van verboden aan,' reageerde Tess, die in de afgelopen maand had gemerkt dat

Grieken graag hun eigen gang gaan en zich niet gemakkelijk de wet laten voorschrijven, zeker niet als het om roken gaat.

Tess trok haar neus op. *'Gee,* wat meurt het hier. Wat dat aangaat vind ik het op Schiphol beter geregeld.'

'Waar zodra je de bagagehal binnenkomt een rookpaal staat en je meteen tegen een muur van sigarettenrook op loopt?' zei Sue. 'Daar loop ík zelfs snel voorbij.'

'Ja, nu wel. Of ben je van plan weer te gaan beginnen?'

Resoluut schudde Sue haar hoofd. 'Nee, ik ben gestopt en ik blijf stoppen.'

Tess schoot in de lach. 'Jouw Nederlands is er ook niet op vooruitgegaan.'

'Nee,' lachte Sue met haar mee. 'Net zomin als mijn Grieks.'

Bij de drie woorden Grieks die ze voor hun aankomst op Kreta hadden geleerd, was het ongeveer gebleven. Met Engels en Nederlands hadden ze prima uit de voeten gekund.

Terwijl Sue een slok uit haar waterfles nam, keek Tess haar van opzij aan.

'Ik mis Kenny nu al. Stom, hè?'

Sue reikte Tess het water aan. 'Helemaal niet, ik mis Eric ook.'

Tess zette de fles aan haar mond en nam een paar grote slokken. 'Maar jij ziet hem gauw weer. Voordat ik Kenny weer zie, zijn we minstens een maand verder.'

Eric en Karen waren de dag tevoren weer vertrokken, maar Sue en Eric zouden elkaar de volgende dag alweer zien. Kenny vertrok morgen naar Londen en zou een maand lang geen tijd hebben om met Tess af te spreken.

'Ik denk niet dat ik ooit zo verliefd ben geweest...' bekende Tess schoorvoetend.

'Jawel, maar het is de eerste keer dat je het hardop toegeeft.'

Verbaasd keek Tess Sue aan. 'Is dat zo?'

Sue tikte zachtjes met haar knokkels boven op Tess' schedeldak. 'Hallo, is daar iemand? Sunny, weet je nog?'

Tess bloosde. 'Ja jeetje, wat was ík verliefd op die gast...' Ze zuchtte. 'Maar toch was dat anders. Bij Sunny wist ik van tevoren dat hij een onbereikbare liefde was en dat het ook eigenlijk helemaal niet klopte. Met Kenny is het alleen maar lastig dat hij voor zijn werk vaak in het buitenland is.'

'Vind jij het eigenlijk niet jammer dat je Sunny niet meer hebt gezien?'

Tess schudde haar hoofd. Even was ze stil. 'Of nee, ik lieg, eigenlijk wel,' bekende ze toen. 'Ik vind het laf van hem dat hij zomaar is vertrokken en ik vind het ook laf dat hij Ginger zo heeft laten zitten.'

Nadat Anja hun had verteld over het drama in Gingers leven, waren ze toch een beetje anders over Ginger gaan denken. Ze vonden het bijna jammer dat ze het niet eerder wisten, dan hadden ze beter begrepen waarom Ginger zo deed en hadden ze misschien dingen anders kunnen oplossen. Maar dán hadden ze hun baantje bij N-Joy weer niet gehad en was Tess Kenny niet tegengekomen en waren Eric en Karen misschien niet opnieuw naar Kreta gekomen...

Sue draaide de dop weer op de fles en zette hem naast zich op de grond. 'Eigenlijk is Sunny gewoon een zak.'

Tess schudde haar hoofd. 'Nee, dat is-ie niet. Maar ik vind het wel teleurstellend hoe hij zich uit de voeten heeft gemaakt. Dat had ik niet van hem verwacht.'

'Hij had je toch minstens kunnen sms'en?' zei Sue een beetje verbolgen.

'Heeft-ie gedaan,' zei Tess ineens.

Sue keek haar verbaasd aan. 'O ja? Wanneer dan? Had je me dat niet kunnen vertellen?'

Tess haalde haar schouders op. 'Ik kreeg zijn berichtje gisteravond. Jij was met Eric en ik ben het daarna vergeten.' Ze zei het op een toon alsof dat haar zelf verbaasde.

'En wat had-ie je te melden?'

Tess pakte haar mobiel uit haar tas, zocht het berichtje op en las het voor: 'FIRED? HOW COME? ARE YOU OK? WILL BE BACK TOMORROW, SEE YOU THEN? WANT TO HEAR THE WHOLE STORY.'

'Pfff,' snoefde Sue. 'Dan is-ie dus mooi te laat. Heb je hem iets teruggeschreven?'

Tess knikte. 'Dat ik naar huis ben en dat ik hem nog wel zou mailen.'

'En ga je dat ook doen?'

Opnieuw haalde Tess haar schouders op. 'Geen idee. Dat zie ik thuis wel weer.'

'Hé, kun je niet uitkijken?' riep Sue ineens fel. Een slungelige jongen met een rugzak was boven op haar voet gaan staan.

De jongen keek haar verontschuldigend aan. 'Sorry, sorry,' zei hij. 'Het is hier ook zo godvergeten druk...' Voordat Sue hierop kon reageren, was hij alweer vertrokken.

Sue keek om zich heen. Hij had gelijk. Het was hier bijna nog drukker dan op de drukste dag die ze in Star Beach hadden meegemaakt. Alleen waren hier geen blauwe lucht, geen zon, geen golvende zee, geen zwembad, geen ligbedjes en geen vette muziek. Ze zag alleen veel te veel op elkaar gepropte zwetende toeristen die ongeduldig op een vertraagd vliegtuig zaten te wachten.

Sue stootte Tess aan. 'Zullen we 'm smeren?'

'Waar naartoe?'

'Terug naar buiten, naar het strand, de zee en mooie jongens?'

Tess grinnikte. 'Jouw mooie jongen zit thuis op je te wachten.' Dromerig keek ze voor zich uit. 'En thuis wacht ik op die van mij...'

Er klonk een omroepsignaal en daarna een bericht.

Nog anderhalf uur, dan zou hun vlucht eindelijk vertrekken.

'Pfff,' steunde Sue.

'Volgende keer gaan we met een privévliegtuig,' zei Tess.

Sue lachte. 'Daar hou ik je aan.'